오늘부터 나도 글쟁이

오늘부터 나도 글 잘러

안영주 지음

아이돌 작사가의 요즘껏들 글쓰기 레시피

북트리거

글쓰기는 필수 생존 기술

글을 잘 쓰는 능력은 타고난 것일까요? 아니면 후천적인 노력으로 얼마든지 극복이 가능한 것일까요? 저는 둘 다라고 생각해요. 남들보다 비교적 쉽게 글을 잘 쓰는 친구들을 보면 '글쓰기 재능은 타고나는 거구나'라는 생각이 들지만, 반대로 처음에 만났을 때는 글 쓰는 것이 능숙하지 못했지만 부단한 연습을 통해 '글잘러'(글을 잘 쓰는 사람)로 성장해 나가는 모습을 보면 '글쓰기는 연습과 노력을 통해서 얼마든지 잘할 수 있게 되는구나'라는 생각도 들어요.

하지만 재능을 타고난 사람이나 그렇지 못한 사람이나 양쪽 다 꾸준한 연습과 노력은 필수입니다. 처음엔 재능이 빛을 발했다 할지라도 갈고닦지 않으면 점점 빛이 퇴색되기 때문입니다. 타고나지 못한 사람이라면 더더욱 노력을 통해 글쓰기 실력을 늘려 가야 합니다.

그렇다면 우리가 이러한 노력을 통해 글쓰기 실력을 늘려야 하는 이유는 무엇일까요? 개인적으로 글쓰기는 공부의 한 부분이기 이전에 운전이나 요리 실력과 같은 개념이라고 생각해요.

사람이 인생을 살아가는 데 꼭 필요한 기술을 뜻합니다. 예를 들어 운전이나 요리를 능숙하게 하지 못하면 삶이 불편해지는 면이 있어요. 가야 하는 곳에 가지 못한다거나 먹고 싶은 것을 건강한 방식으로 만들어 먹지 못할 수도 있죠.

글쓰기도 마찬가지예요. 능숙하게 글쓰기가 이루어지지 않으면 자신의 생각을 온전히 글로 표현하는 것이 조금 곤란하겠지요. 물론 한국어를 할 줄 알기 때문에 기본적인 의사 전달은 가능하겠지만, 학교나 회사에서 사회생활을 하다 보면 우리 생각을 말보다는 높은 수준의 단어와 문장으로 구성된 글을 통해 전달해야 하는 경우가 꽤 많습니다.

수행평가나 중간고사, 기말고사, 논술 시험도 큰 범주 안에서 본다면 알고 있는 지식이나 정보를 글로 잘 정리해서 표현하는 과정을 거치므로 글쓰기 실력이 꼭 필요한 부분이지요.

그래서 이 책에서는 우리가 글잘러로 거듭날 수 있도록 여러 가지 흥미로운 방법들을 공유하고자 합니다. 책에 나와 있는 미션들을 하루하루 수행해 나가다 보면 책장을 덮을 즈음에는 글잘러로 한 뼘 더 성장한 모습을 발견할 수 있을 거예요. 그럼 이 책을 읽는 우리 모두 글잘러로 성장해 나갈 수 있길 응원할게요.

2022년 단어와 문장 사이에서
안경주

목차

1장

글쓰기 첫걸음 :

글감 ✦ 찾기 💬
〰️ 첫 문장 쓰기

❶
평범한 일상에서
글감 찾기

글감, 어떻게 찾을까?

글감은 글의 내용이 되는 재료를 뜻해요. 처음 글을 쓸 때는 무작정 내키는 대로 써 내려가기보다 글감을 찾는 법부터 연습하면 좋아요. 그러려면 우리가 평소 무심코 지나치는 것들 사이에서 글의 종류와 분위기에 맞는 재료들을 잘 골라낼 수 있어야 해요. 이 재료들을 어렵지 않게 발견하려면 세상을 바라보는 시선을 조금 달리할 필요가 있어요. 재미있고 신선한 글감은 처음 보는 낯선 것들에서 발견되기보다는 주변의 익숙하고 사소한 것들 속에 숨어 있는 경우가 많거든요. 우리가 사는 집에서도 재미있는 글감을 얼마든지 찾아낼 수 있어요.

TIP 1. 파일 정리함과 머릿속 고민거리

자, 우선 방 안 책상부터 살펴볼게요. 책상 위에 책꽂이 모양의 플라스틱 파일 정리함 하나씩은 다들 가지고 있죠? 매년 새학기가 되면 학교에 준비물로 꼭 가지고 가는 아이템 중 하나이니까요. 그럼 이 파일 정리함의 특징을 정리해 볼까요?

• 각기 다른 과목의 교과서나 참고서를 색깔별로 꽂아 둘 수 있다.
• 보관해야 할 것과 버려도 되는 것을 한눈에 구분할 수 있다.

- 책상 위 한정된 공간을 효율적으로 사용할 수 있다.

그렇다면 파일 정리함의 이런 특징들을 글감으로 어떻게 활용하면 좋을까요? 책상에 어지럽게 널브러져 있는 책들처럼 정리하고 싶은 것이 있나요? 팁을 한 가지 주자면, 정리하는 대상이 눈에 보이지 않는 것일수록 더 멋져요. 예를 들어 머릿속에 둥둥 떠다니는 여러 가지 복잡한 고민이나 생각을 책처럼 정리한다고 가정해 볼게요.

- 성적, 친구 관계, 가족, 미래에 관한 고민이나 생각을 정리해 머릿속에 있는 정리함에 종류별로 꽂아 본다.
- 의미 있는 고민거리나 생각은 잘 보이게 차곡차곡 정리해 두고, 불필요한 것들은 과감히 버린다.
- 버린 만큼 여유가 생긴 공간에 나에게 필요한 좋은 생각들을 더 채워 넣는다.

현재의 고민거리를 주제로 글을 쓸 때, 단순히 고민 내용을 늘어놓고 끝내기보다 "책상 위에 널브러져 있는 책들을 정리함에 정리하듯 머릿속의 복잡한 생각들도 가지런하고 말끔하게 정리되면 좋겠다"는 식으로 빗대어 쓴다면 글의 완성도가 훨씬 더 높아지겠죠?

TIP 2. 도어 록과 친구의 마음

그럼 이번에는 현관으로 가 볼까요? 밖에 나갔다가 집으로 들어올 때 누구나 꼭 통과해야 하는 관문이 있죠. 바로 '디지털 도어 록'입니다. 아까와 같은 방식으로 우선 도어 록의 특징부터 정리해 볼게요.

- 우리 가족만 비밀번호를 알고 있다.
- 비밀번호를 정확하게 잘 눌러야 문을 열 수 있다.
- 비밀번호를 계속 틀리면 경보음이 울린다.

집마다 있는 흔하디흔한 도어 록을 어떻게 하면 특별한 글감으로 활용할 수 있을까요? 앞서 말한 것처럼 눈에 보이지 않는 무언가에 이를 대입하면 더 근사한 표현이 나올 수 있어요. 집 외에 문을 열고 들어가고 싶은 대상이 있나요?

더 알고 싶고 친해지고 싶은 친구의 마음을 도어 록에 빗대 보면 어떨까요? 도어 록과 친구의 마음 사이의 연결점을 떠올려 볼게요.

- 친구만 자기 마음의 비밀번호를 알고 있다.
- 친구의 마음을 잘 맞춰야 마음의 문을 열 수 있다.

• 마음의 비밀번호를 계속 틀리면 친구 관계에 경보음이 울린다.

"우리 집 현관문에 있는 도어 록처럼 주연이 마음도 열고 싶다. 비밀번호만 누르면 언제든지 주연이의 마음속에 들어가 하루 종일 함께 놀 수 있을 텐데…. 아직 주연이는 나에게 비밀번호를 공유해 줄 생각이 없는 것 같아 아쉽다."

이와 같이 인간관계에 대한 글을 써야 할 때 도어 록에 빗대어 본다면 훨씬 더 재미있고 공감 가는 글을 쓸 수 있을 거예요.

TIP 3. 화장대와 미지의 세계

마지막으로는 안방에 가 봅시다. 어린 시절, 안방에 있는 엄마의 화장대를 흥미롭게 여겼던 적이 한 번쯤 있죠? 일단 엄마 화장대의 특징을 정리해 볼까요?

• 향수, 립스틱, 귀걸이, 목걸이 등 아름답고 반짝이는 것들이 진열되어 있다.
• 함부로 만지면 혼난다.
• 그럼에도 엄마 몰래 화장품도 발라 보고 액세서리도 해 보고 싶다.

신비롭고 아름답지만 아직 금단의 구역이라는 화장대의 특징과, 내가 가 보지 못한 다른 나라나 우주, 혹은 다른 차원 등 미지의 세계에 대한 동경을 연결 지어 글을 써 보면 어떨까요?

- 정체를 잘 알지 못하지만 아름다워 보인다.
- 선뜻 가기에는 위험할 수도 있을 것 같다.
- 그럼에도 한 번쯤 가 보고 싶다.

이렇게 마치 보물섬 같기도 하고 비밀스러운 놀이동산 같기도 한 엄마의 화장대를 재료로 글을 쓴다면 꽤 재미난 결과물이 나오겠죠?

지금까지 우리가 일상에서 쉽게 마주하는 것들 가운데 글감을 찾아내는 방법에 대해 알아봤어요. 특별한 글감을 찾기 위해 굳이 멀리 여행을 떠나거나 독특한 경험을 할 필요는 없어요. 주변을 새롭게 바라보는 시선만 갖춘다면 평범하고 사소해 보이는 것들 사이에서도 얼마든지 멋진 글감을 발견해 낼 수 있어요.

연습해 봅시다

1 일상에서 마주치는 사소한 것들을 떠올려 보며 어떻게 글감으로 발전시킬 수 있을지 생각하고 연습해 봅시다.

> 예시 글감: 운동화
>
> 낡은 운동화의 뒤축처럼 하루 종일 구겨져 있던 나의 마음. 괜찮다는 말로 애써 펴 보려고 하지만 마음속 깊게 자리 잡은 주름의 흔적은 어쩔 수가 없다.

➡

_____

_____

_____

_____

_____

_____

_____

_____

_____

_____

_____

_____

_____

오늘부터 나도 글잘러

예시 글감: 물

마치 물속에 있는 것처럼 그 순간 모든 것이 눈앞에서 일렁이기 시작했다. 하얀 시험지 종이도, 벽에 무심히 걸린 시계도, 지친 얼굴로 앉아 있는 친구들도, 물에서 심호흡을 하듯 괜히 숨이 차올랐다.

예시 글감: 인스타그램

인스타그램에서처럼 지금 이 순간을 하나도 놓치지 않고 내 마음속에 피드할 수 있다면 얼마나 행복할까? 너의 모든 표정으로 이야기를 만들고 네가 가는 곳마다 해시태그를 붙이고 너의 모든 이야기에 '좋아요'를 누를 텐데….

글감: 카카오톡

카카오톡에서 1이 사라지기까지 시간의 흐름은 상대방에 따라 다른 것 같다. 톡을 받는 사람이 그저 편한 친구면 시간의 흐름도 편안하지만, 상대방의 대답 한마디에 내 운명이 걸려 있다면 1분 1초가 내 심장에 날아와 콕콕 박히는 것처럼 시간의 흐름도 불안해진다. 혹은 나를 싫어하는 사람에게 보낸 톡이라면 1이 영원히 사라지지 않는 악몽 속에서 한동안 깨어나지 못하곤 한다.

2

안녕, 첫 문장

눈길을 사로잡는 첫 문장 쓰는 법

첫 문장을 매력적으로 써야 하는 이유

제 원래 직업은 가사를 쓰는 작사가예요. 멜로디를 듣다가 본격적으로 가사를 쓰기 시작할 때, 마음에 드는 제목과 첫 문장이 떠오르면 반 이상 완성한 것과 다름없다는 생각이 들어요. 그 정도로 첫 문장을 잘 시작하는 것은 제목을 짓는 일만큼이나 중요합니다. 가사뿐 아니라 일반적인 글을 쓸 때도 마찬가지예요. 독자들은 일단 제목과 첫 문장을 쓱 보고 나서 글을 더 읽을지 말지 결정하거든요. 제목과 첫 문장을 읽고도 별 감흥이 없으면 그 뒤는 더 이상 읽지 않을 확률이 높아요. 다른 사람이 쓴 글을 처음부터 끝까지 집중해서 읽는 것은 생각보다 쉬운 일이 아니니까요.

특히 요즘처럼 간단한 줄임말이나 이모티콘이 의사 표현의 상당 부분을 차지하는 시대에, 열 줄 이상의 글을 읽게 하는 것은 결코 만만한 일이 아니에요. 우리도 친구가 보낸 톡이 조금만 길어져도 대충 읽게 되고, 학교에서 받는 가정 통신문 같은 것도 거의 안 읽고 넘어갈 때가 많죠? 그건 내 흥미를 별로 자극하지 못해서예요. 아무리 영양가 있고 좋은 글이라고 해도 독자가 읽어 주지 않으면 아무 소용이 없어요. 글이 쓰인 이유와 그 생명력이 사라지는 거죠. 우리가 매력적인 첫 문장을 써야 하는 이유가 바로 여기에 있어요. 독자가 내가 쓴 글을 처음부터 끝까지 집중력 있게, 흥미롭게 읽도록 하기 위해서죠. 그럼 지금부터 글을 잘 시작하는 몇 가지 방법을 차근차근 알아볼게요.

TIP 1. 물음표를 확 찍어 버리기

저는 평소에 작사가 지망생들을 교육하는 강의도 많이 하고 있는데, 학생들을 강의에 좀 더 집중시키기 위해 일부러 시작에 앞서 이런저런 질문들을 하는 편이에요. 질문은 시선을 끌어당기고 호기심을 자극하기에 좋은 방법이거든요. 이건 글쓰기에서도 마찬가지예요.

학교 임원 선거에 나가기 위해 스피치 대본을 써야 하는 경우를 예로 들어 볼게요. "저를 회장으로 뽑아 주신다면 정말 열심히 일하는 일꾼이 되겠습니다."라고 평범하게 시작하며 준비한 공약을 늘어놓는 것보다는 "여러분은 어떤 사람이 회장으로 뽑혀야 한다고 생각하십니까?"라고 청중에게 먼저 질문을 던져 보는 거예요. 그러면 스피치를 듣는 학생들은 각자 바라는, 혹은 바람직하다고 생각하는 회장의 이미지를 마음속에 떠올리며 우리의 다음 스피치에 귀를 기울여 주겠죠.

만약 "여러분이 회장에게 가장 바라는 점은 무엇입니까?"라고 질문을 던진다면 학생들은 회장이 학급 혹은 학교를 위해 무엇을 하면 좋을지 각자 떠올려 볼 거예요. 본인이 생각한 내용과

후보의 공약이 일치하지 않더라도 좀 더 관심 있게 들어 줄 확률이 높아요. 반 친구들이 귀 기울이게 만드는 스피치를 하면 그들의 기억에 더 잘 남을 테고, 나아가 선거에서도 유리해지겠죠. 시작부터 남다른 스피치 대본으로 새 학년, 새 학기 임원 선거에 용기 있게 도전해 보는 건 어떨까요?

TIP 2. 사자성어 찰떡같이 붙이기

해가 바뀔 때마다 여러 단체에서 그해 우리 사회를 대변하는 사자성어를 꼽곤 하는데, 2021년 중소기업인들이 뽑은 새해 사자성어는 '토적성산土積成山'이었어요. 흙이 쌓여 산을 이룬다는 뜻으로, 작은 것들이 쌓여 큰 것이 됨을 비유적으로 이르는 말이죠. 코로나19로 모든 것이 잠시 멈췄던 2020년을 지나, 2021년에는 뜻한 바를 하나씩 이뤄 가며 한 해를 의미 있게 보냈으면 하는 희망이 담긴 메시지가 아니었을까 싶어요.

예를 들어 학급 신문 기사를 쓸 때 사자성어를 첫 문장에 적절히 활용하면, 글을 읽는 친구들이 '오! 저렇게 어려운 말도 알아? 생각보다 똑똑한데?' 하면서 우리의 이미지를 좀 더 스마트하게 기억하게 되겠죠. 동시에 앞으로 어떤 내용이 이어질지 호기심이 생길 수도 있고요. 다만 뒤에 따라오는 내용, 그리고 글의 의도와 잘 어우러져야 효과가 있어요.

청소년들의 독서량이 과거에 비해 현저히 떨어진 요즘, 학급 친구들에게 '한 달에 책 한 권 읽기' 운동을 독려하는 기사를 쓴다고 가정해 볼게요. 학교에 가는 날은 보통 한 달에 20일(코로나 이전의 경우)이니까, 책 한 권이 200페이지라고 하면 학교에서 쉬는 시간을 이용해 하루에 10페이지씩만 읽어도 한 달이면 책 한 권을 읽을 수 있어요. 그리고 일 년이면 방학을 제외해도 열 권은 족히 읽을 수 있죠. 이것이야말로 토적성산의 아주 적절한 예시가 아닐까 싶어요. 기사를 쓸 때 "여러분, 우리 모두 책을 열심히 읽어야 합니다."라고 첫 문장을 시작하기보다는 "토적성산이라는 말이 있습니다."라고 하는 편이 훨씬 고급스러워 보이겠죠. 토적성산이라는 사자성어를 몰랐던 친구들도 그게 무슨 뜻인지 궁금해 더 관심 있게 기사를 읽게 될 거예요.

TIP 3. 그림 그리듯 실감 나게 묘사하기

우리가 자주 쓰는 글 중에 묘사가 가장 많이 들어갈 만한 종류는 아무래도 일기일 거예요. 일기 쓸 때의 키포인트는 오늘 있었던 일 가운데 한 장면을 끄집어내, 읽는 사람이 마치 그 속에 함께 들어가 있는 듯한 기분이 들게 하는 것입니다. 물론 일기는 누구 보라고 쓰는 건 아니지만 일기 형태의 글이 나중에 에세이나 소설로 발전될 수도 있으니, 글쓰기에 관심 있는 학생이라면 일기 쓰기를 통해 꾸준히 연습해 두면 도움이 될 거예요.

예를 들어 동생과 야식으로 치즈 라면을 끓여 먹는 장면을 일기로 쓴다고 가정해 볼게요. "밤 열 시에 너무 배고파서 동생이랑 치즈 라면을 끓여 먹었다."처럼 평범하게 시작하기보다 "보글보글 끓는 물에 빨간 스프를 탈탈, 면은 반으로 뿌셔 뿌셔, 계란 두 개 탁탁, 파 송송 썰어 넣고, 불을 끈 다음 면 위에 폭신하게 이불을 덮어 주듯 치즈를 투하~"라고 써 보는 거예요. 어때요, 치즈 라면을 끓이는 과정이 머릿속에 선명히 그려지면서 갑자기 라면이 먹고 싶어지지 않나요? 이처럼 생생한 묘사를 활용하면 독자를 그 상황에 함께 빠져들게 해 몰입하도록 만드는 효과가 있어요. 우리가 지금 저 글을 읽고 치즈 라면이 급(!) 당기는 것처럼 말이에요.

지금까지 첫 문장을 시작하는 몇 가지 방법에 대해 알아봤어요. 여기 소개한 팁들을 활용해 독자의 시선을 끌 수 있는 매력적인 첫 문장 쓰는 법을 연구하고 연습해 보세요. 우리가 하고자 하는 이야기를 효과적으로 담고, 독자들이 끝까지 흥미롭게 읽을 수 있는 글을 쓰는 똑소리 나는 글잘러가 되길 응원할게요!

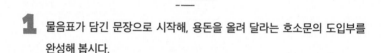

1 물음표가 담긴 문장으로 시작해, 용돈을 올려 달라는 호소문의 도입부를
완성해 봅시다.

> 예시 어머니, 물가 상승률에 대해 들어 본 적 있으신지요?
> 저보다 더 잘 아시겠지만 해마다 한국의 물가는 가파르게 상승하고
> 있습니다. 다른 생필품들은 말할 것도 없고 신문에서 보니 제가 즐
> 겨 사 먹는 햄버거의 가격은 2022년 기준으로 평균 2.9% 정도 올
> 랐다고 합니다.
> 어머니도 종종 아버지 월급 빼고 다 올랐다고 말씀하시지 않습니
> 까? 그런데 몇 년째 제 용돈은 한 달에 3만 원 그대로라니, 이건 정
> 말 말이 되지 않습니다. 3만 원으로는 일주일에 햄버거 세트 하나
> 사 먹기에도 벅찹니다.

➜

_____

_____

_____

_____

_____

_____

_____

_____

_____

2 제시된 사자성어로 짧은 콩트를 써 봅시다.

중력이산(中力移山) 많은 사람들이 힘을 합치면 산도 옮길 수 있다는 뜻의 사자성어

> 예시 주연: 자고로 '중력이산'이라 했거늘. 지금 수행평가 조 짠 지가 언젠데 아직 주제도 못 잡고 있는 것인지 쯧쯧….
>
> 선우: 중력이 이상하다고? 그래, 네가 지금 이렇게 헛소리하는 걸 보니 멘탈이 붕 떠 있구나.
>
> 주연: 아니, 중력이상이 아니고 중력이산. 힘을 합치면 산도 옮길 수 있다는 뜻이야. 내일이 세계 자원 분포도를 조사하는 조 수행평가 마감일인데 아직 시작도 못 해서 화가 난다!
>
> 선우: 중력이산으로 수행평가에서 좋은 성적은 못 받았을 것 같지만, 순둥이인 널 열 받게 하는 것에는 성공했군. 대단한데?
>
> 주연: 그러게. 난 정말 웬만해서 화를 안 내는 스타일인데 이번 수행평가 조원들이 중력이산으로 나를 화나게 하는 데 성공했네.

➡

3 우리 집에 놀러 온 적이 없는 친구가 마치 내 방에 들어와 있는 것처럼 느낄 수 있도록 생생한 문장으로 방을 소개해 봅시다.

> 예시 내 방은 우리 집 현관문을 지나자마자 보이는 긴 복도를 따라 들어오면 나오는 오른쪽 첫 번째 문이야. 숙제할 때 고양이가 너무 귀찮게 해서 종종 문을 잠가 두는데, 밖에서 문 열어 달라고 날카로운 발톱으로 자꾸 문을 긁어 대는 바람에 문 아래쪽에 낙서같이 뾰족한 하얀 선들이 그어져 있어.
>
> 방문을 열고 들어오면 제일 먼저 하얀 컴퓨터 책상이 보이고, 책상 오른쪽 옆에는 연보라색 시트가 깔린 작은 침대가 있어. 침대 위에는 네가 작년에 생일 선물로 준 분홍색 쿠션을 놓아두었지. 그리고 베개를 베고 천장을 올려다보면 크고 작은 야광 별들이 붙어 있어. 몇 개는 떨어질 듯 말 듯 위태로워 보여서 가끔씩 검지 끝으로 꾹꾹 눌러 주곤 해.
>
> 침대 오른쪽 벽에는 내가 좋아하는 BTS의 단체 포스터를 붙여 두었어. 너무 만져서 종이가 닳을까 봐 비닐 코팅을 미리 해 두었지. 자세히 보면 비닐 위에 지문들이 빼곡히 찍혀 있어. 자기 전에 매일 멤버 한 명 한 명 얼굴을 만지고 머리를 쓰다듬곤 하거든. 그러면 왠지 BTS를 진짜 만나게 되는 좋은 꿈을 꿀 것 같아.

➡

_____

_____

_____

_____

_____

오늘부터 나도 글잘러

4 공원에서 산책을 하다가 강아지를 잃어버렸습니다. 전단지를 돌리거나 인스타그램에 피드라도 올려야 합니다. 다음 사진을 보고 강아지의 모습을 묘사하는 전단지를 작성해 봅시다.

> 예시 제목: 잃어버린 강아지를 찾습니다
>
> 이름: 애플
>
> 특징: 푸들, 수컷 5살
>
> 잃어버린 장소: 올림픽 공원 분수대 근처
>
> 특이 사항: 몸길이가 50센티미터 정도 되고 목에 초록색 리드 줄을 착용하고 있으며 리드 줄에 달린 은색 펜던트에 집 주소와 전화번호가 적혀 있습니다. 갈색 계열의 털이 풍성하고 흰색 땡땡이 무늬가 들어간 검은색 방한복을 입고 있습니다. 낯선 사람을 보면 겁을 먹고 눈을 자꾸 피하려 하고 구석에 앉아 있는 것을 좋아합니다.
>
> 연락 주실 곳: 010-××××-××××

❸
일상 속 사사 소소
글쓰기

작고 소중해, 생활 속 글쓰기

긴 편지보다는 간단한 메모 또는 톡이나 문자가 편리성으로 인해 보편화되면서 일상에서는 사실상 글쓰기와 말하기의 영역이 점점 모호해지고 있어요. 예전 같으면 얼굴을 보고 말하거나 전화로 할 이야기들을 짧은 톡이나 문자 메시지로 대체하는 경우가 많아졌거든요. 얼굴을 보고 직접 말할 때는 목소리나 표정에 감정이 그대로 담겨서 마음을 전달하는 것이 그리 어렵지 않았는데, 같은 내용을 짧은 글로만 표현하는 것은 말로 하는 것보다 더 신경 써 주면 좋을 만한 부분들이 있어요. 그래서 이번에는 짧은 문장을 통해 자신의 마음과 생각을 잘 전달할 수 있는 꿀팁을 한번 알아볼게요.

TIP 1. 친구에게 포스트잇 메모 쓸 때

카톡이나 문자보다는 정감 있고, 긴 편지보다는 부담이 덜해서 포스트잇을 애용하는 친구들 많죠? 저도 가끔 캔 커피나 간식거리 위에 붙은 포스트잇 메모지를 받곤 하는데, 작은 선물이지만 왠지 마음이 몽글몽글 따뜻해져요.

그럼 이 메모지에 어떻게 하면 더 진심을 담을 수 있을까요? 예를 들어 친구에게 빌린 만화책을 읽고 돌려주면서 메모지와 사탕을 함께 건네는 상황이라고 해 볼게요. 뭐라고 쓸 건가요?
지금 한번 써 볼까요?

"책 빌려줘서 고마워. 사탕 맛있게 먹어." 흔히 이렇게 쓰겠
죠? 그런데 여기에 살짝 '도치법'이란 양념을 뿌려 보면 어떻
게 될까요? 도치법은 일반적으로 쓰는 문장 서술 순서에 변화를
줘, 표현하고자 하는 것을 좀 더 강조해 드러내는 기법이에요.

서술어인 "고마워"를 맨 앞으로 빼니까 고마운 감정이 좀 더
도드라지는 느낌이 들죠? 여기에 꾸며 주는 말, 즉 '수식어'도 넣
어 볼까요? 수식어는 뒤에 오는 말을 꾸미거나 한정하기 위해
첨가하는 관형사, 부사를 통틀어 이르는 말이에요. 관형사는 명
사, 대명사, 수사 같은 체언을 꾸미고, 부사는 동사, 형용사 같은
용언을 꾸며 주는 역할을 해요.

> 고마워, 아끼는 책 빌려줘서.
> 네가 제일 좋아하는 사탕
> 맛있게 먹어.

'책'과 '사탕'이라는 명사에 '아끼는'과 '네가 제일 좋아하는'
이라는 수식어가 덧붙으니 뭔가 더 영혼 있어 보이지 않나요?
이처럼 간단한 수식어를 이용하면 좀 더 세심하게 신경 쓴 느낌
을 줄 수 있어요.

오늘부터 나도 글잘러

TIP 2. 읽씹, 안읽씹은 No No No!

카톡에 1이 없어졌는데 답이 안 오거나, 심지어 1이 사라지지도 않으면 어쩐지 조금 서운한 기분이 들곤 하죠? 이럴 땐 내가 보낸 카톡 내용을 쭉 되돌아보며 혹시 친구가 불편해할 만한 포인트는 없었는지 살펴보세요. 예의와 매너를 잘 지켰는데도 이런 상황들이 반복된다면, 다음 내용이 궁금해 읽고 싶어질 만한 첫 톡을 날려 보세요. 이건 일반 글쓰기에도 해당되는 기법이에요. 호기심을 자극해 뒤에 따라오는 내용을 궁금하게 만드는 방법을 두 가지 정도로 정리해 볼게요. 첫 번째는 '질문으로 시작'하는 거예요.

너도 그거 알아?

너도 거기 가 봤어?

여기서 굳이 '너도'라고 한 이유는 '도'라는 조사로 인해 심리적으로 '뭐지? 나만 빼고 다 안다는 건가? 나만 빼고 다 가 본 곳이 어디지?' 하며 친구가 호기심을 느끼게 할 수 있기 때문이에요. '도'는 참 가성비 좋은 글자예요. 물론 그 뒤에 따라오는 내용도 진정성이 있어야 효과가 있죠. 기껏 질문해 놓고 싱겁고 엉뚱한 말만 하면 오히려 부작용이 생길 수 있다는 것도 명심하세요.

두 번째 방법은 '감탄사로 시작'하는 거예요. 이런 톡을 받으면 당연히 궁금증이 들겠죠? "뭐가? 혹은 그게 뭔데?"라고 답이 오면 자연스럽게 대화를 이어 나가면 돼요. 전달하고자 하는 내용은 같아도 이것을 어떤 말 그릇에 얼마나 센스 있게 담느냐에 따라 화자의 매력이 달라질 수 있어요. 사람들을 내 말에 집중시킬 수 있는 센스를 갖춘 매력 있는 인싸 친구들이 되길 바랄게요.

와! 진짜 뜬금없다.

대박! 이거 찐으로 맛있어!

TIP 3. 엄마에게 용돈 받을 수 있는 문자 쓰는 법

저는 예비 중학생, 고등학생 두 아이를 키우는 엄마예요. 아이들이 어버이날이나 결혼기념일, 생일처럼 특별한 날에 써 주는 편지도 물론 고맙지만 엄마 입장에서 더 감동적인 게 뭔지 알아요? 바로 아무 날도 아닌데 툭 하고 보내 주는 세 줄짜리 문자예요. 실제로 제가 받은 문자를 예시로 써 볼게요.

아침에 학교 가려고 나왔는데 생각보다
많이 추워요. 엄마는 추위도 많이 타는데
오늘 꼭 두꺼운 코트 입으세요.
알라뷰! 뽀뽀 백 번~

별거 아닌 이 문자 세 줄이 왜 엄마에게 심쿵이냐면 필요한 정보를 적절히 알려 주는 배려, 세심하게 챙겨 주는 마음, 사랑의 표현이 모두 담겨 있기 때문이에요. 문자 세 줄로 엄마를 감동시키는 완벽한 3단계죠. 상황에 따라 바꿔 사용할 수도 있어요. 예를 들어 친구들과 떡볶이 맛집에 갔다고 가정해 볼게요.

> 친구들이랑 매운 떡볶이 먹으러 왔어요.
> 엄마도 매운 떡볶이 좋아하니까
> 사다 드리고 싶은데 돈이 조금 부족해요.
> 우리 다음에 꼭 같이 와요. 사랑해요♡

비록 용돈이 부족해 떡볶이를 사 가진 못했지만 맛있는 음식 앞에서 엄마를 생각했다는 것 자체만으로도 이미 감동이에요. 가끔씩 부모님께 3단계 법칙에 맞춰 문자를 보내 보세요. 효과 만점 보장합니다!

이처럼 우리는 의식하지 못하는 사이에 생활 속에서 짧은 글로 우리의 생각과 마음을 표현하며 살고 있어요. 글쓰기란 결코 대단하고 어려운 일이 아니에요. 내 마음을 전달하는 편리하고 따스한 도구예요. 앞으로는 짧은 글에도 센스 있게 가족과 친구에 대한 사랑을 예쁘게 담아 건네 보아요.

1 학교에서 친구랑 사소한 말다툼을 한 뒤에 서로 인사도 안 하고 급식도 따로 먹은 지 벌써 3일째. 화해하고 싶은데 그냥 말로 하기는 어색해서 메모지에 간단한 메시지를 전하고자 합니다. 이번에는 직유법과 은유법을 이용해 써 봅시다.

직유법: 비슷한 성질이나 모양을 가진 두 사물을 '같이', '처럼', '듯이'와 같은 연결어로 결합하여 비유하는 수사법이다. 예를 들면 "시간은 쏘아 놓은 화살처럼 빠르다.", "내 친구는 토끼 인형처럼 귀엽게 생겼다."가 있다.

예시 네가 나를 차갑게 대하니까
온 세상이 모두 나에게 등을 돌린 것처럼
혼자가 된 기분이야. 이런 사소한 일로
사라질 우정이 아닌 거 너도 알지?
지난번에 심한 말 해서 미안해.
다시 내 친구가 되어 줘.

은유법: 원관념과 보조관념을 동일시하여 대상을 설명하거나 묘사하는 수사법이다. "A(원관념)는 B(보조관념)이다"와 같은 형태로 나타낸다. 예를 들면 "내 마음은 호수요, 그대 노 저어 오오."(김동명, 「내 마음은」)가 있다.

예시

학교에서 넌 내 백과사전이었어.
어렵거나 모르는 게 있을 때 너에게 달려가서
다 털어놓으면 넌 미리 답을 준비하고 있었던
것처럼 고민이 싹 해결되는 정답을 알려 주곤
했지. 그런데 내가 너 때문에 고민일 때는
누구에게 물어봐야 할지 모르겠다.
이번에도 답 좀 알려 주라. 어떻게 하면
화가 풀릴까? 다시 나랑 친구 하자!

2 나는 우리 반 회장입니다. 일요일에 반 친구들과 다 함께 놀이공원에 가기로 했습니다. 할인되는 단체 티켓을 사기 위해 회비를 걷기로 했는데 아직 회비를 내지 않은 친구들이 있습니다. 회비 완납과 약속 일정을 상기해 주는 단체 카톡방 공지 톡을 작성해 봅시다.

인사말
주요 용건
- 단체 티켓 회비를 아직 내지 않은 친구들이 있음
- 입금 계좌와 비용, 마감 시간
주의 사항
- 입금하지 못한 사람은 따로 사야 함
공지 사항
- 약속 시간, 장소, 준비물

오늘부터 나도 글잘러

3 학교에서 코로나19 확진자가 발생했습니다. 아직 증상은 없지만 PCR 검사를 받고 자가격리할 것을 권고받았습니다. 그런데 오늘 방과 후 수학 학원에 가야 하는 날입니다. 무단결석 시 벌점이 쌓이기 때문에 학원 담임 선생님께 상황을 잘 정리해서 오프라인 수업에 참여할 수 없지만 온라인으로 참여하겠다는 말씀을 드려야 합니다. 선생님이 추가 질문 없이 문자만으로 상황을 완벽히 이해할 수 있도록 일목요연하게 문자를 써 봅시다.

자기소개
주요 용건
- 학교에서 코로나19 확진자가 발생해서 학원 출석이 불가함
추가 내용
- 온라인 수강 혹은 보강 요청
끝인사
- 추후에 검사 결과 통보

1 지금 자신의 생각을 채우고 있는 것들이 무엇인지 예시처럼 목록을 만들어 생각 지도로 그려 본 뒤, 각자의 개성을 살려서 재미있게 글로 설명해 봅시다.

생각 지도 구성원

마감 시간 12시 / 좋은 가사 쓰기 / 아이돌 / 오늘 저녁은 뭐 먹지
오늘 드라마 뭐 하지 / 다이어트는 내일부터 / 여행 가고 싶다

예시 지구는 5대양 6대륙이지만 내 생각 지도는 2대륙으로 나뉘는 듯하다. 우선 제일 큰 '작사' 대륙이 있다. 이곳에는 매일 반란을 일으키는 '마감 시간 12시' 나라와 관광 대국으로 유명한 '아이돌' 나라가 있다. '아이돌' 나라의 형제국인 '좋은 가사 쓰기' 나라가 바로 옆에 자리하고 있다.

'작사' 대륙 맞은편에는 '홀리데이' 대륙이 있는데, 두 대륙을 잇는 높은 음자리표 모양의 큰 다리 사이로 푸른 물결이 넘실거린다. '작사' 대륙만큼이나 넓은 국토를 자랑하는 이 대륙에는 '오늘 저녁은 뭐 먹지' 나라가 있다.

그 옆에는 관계가 좋지 않아서 늘 팽팽한 긴장감을 유지하고 있는 '다이어트는 내일부터' 나라가 자리 잡고 있다. 두 나라는 틈만 나면 티격태격한다. 그 가운데에 조그만 섬처럼 '오늘 드라마 뭐 하지' 나라가 놓여 있다. 이 나라는 늘 '오늘 저녁은 뭐 먹지' 나라와 '다이어트는 내일부터' 나라 사이에서 고래 싸움에 새우 등 터질까 봐 눈치를 보고 있다.

왼쪽 아래에는 '여행 가고 싶다' 나라가 위치해 있다. 코로나19로 해외여행을 못 가고 있는 탓에 이 나라는 무인국이다. 언젠가는 사람들이 밀려올 날을 기다리는 중이다.

정리해 봅시다

생각 지도 구성원

생각 지도

오늘부터 나도 굴잘러

2장

일상적 글쓰기 :

SNS 글쓰기 ☀

💬 에세이 쓰기

4

인플루언서의
글쓰기

SNS에서 인싸 되는 글쓰기 비법

평소에 찜해 놓았던 맛집을 방문하기 전에 제일 먼저 무엇을 하나요? 아마도 블로그나 인스타그램 등 각종 SNS에서 그곳에 다녀온 사람들이 남긴 후기를 찾아볼 거예요. 가끔은 칭찬만 잔뜩 있는 광고성 후기에 속아 찾아갔다가 실패하기도 하지만, 꽤 도움이 되는 정보가 담긴 게시글도 많죠. 그래서 저도 어떤 식당이나 카페에 처음 갈 때는 항상 블로그나 인스타그램을 통해 정보를 미리 찾아보곤 합니다.

유명한 맛집의 경우, 이름만 치면 SNS 게시글이 어마어마하게 검색되곤 해요. 현실적으로 그 많은 글을 다 확인할 수 없으니 검증된 인플루언서가 작성한 게시물을 선별해 정보를 얻는 편이 효과적이겠죠.

그렇다면 사람들이 즐겨 찾는 인플루언서의 글은 보통 사람들의 글과 무엇이 어떻게 다를까요? 요즘처럼 타인과의 소통이 SNS를 통해 주로 이루어지는 시대에, 우리가 글을 가장 자주 접하는 창구는 인스타그램이나 블로그 등이 아닐까 싶어요. 그래서 이번 시간에는 SNS에서 '인싸'가 될 수 있는 글쓰기 비법에 관해 이야기해 볼까 해요.

TIP 1. 기승전결 구조로 똑 부러지게

흔히들 SNS에서의 글쓰기는 마냥 감성적이거나 단순하기만 할 거라고 여기곤 하죠. 하지만 맛집이나 여행지 등 각종 정보를 전달하는 인기 블로그의 글들을 찾아보면 설명문 못지않게 명확한 기승전결 구조를 갖추고 있음을 확인할 수 있습니다. 예시로 맛집을 소개하는 인플루언서의 블로그 글 하나를 함께 보면서 설명을 따라와 보세요.

- 기: 해당 맛집을 알아낸 경로와 그곳을 찾게 된 이유 설명
- 승: 식당에 찾아가는 방법 소개, 음식의 가격이 적힌 메뉴판 상세 사진 및 설명, 선택한 음식을 고른 이유, 식당 전경 묘사
- 전: 서빙된 음식의 사진 및 겉모습 묘사, 음식을 먹었을 때의 첫 느낌, 곁들여 나온 사이드 디시와의 조화
- 결: 다 먹은 후의 느낌, 좋았던 점과 실망했던 점, 재방문 여부

어때요, 이렇게 정리해 보니 생각보다 꽤 논리적인 글의 구조를 갖추고 있다는 것을 확인할 수 있죠? 사람들이 원하는 정보를 이해하기 쉽게 전달하고 싶다면, 이와 같은 구조에 맞춰 글을 작성하는 것이 효과적이에요.

TIP 2. 표현은 실감 나고 재미있게

개그우먼 이영자 씨는 음식 맛을 찰지고 독특하게 묘사하기로 유명한데, 이분 때문에 전국적으로 유명해진 휴게소 음식이 있어요. 바로 한 번쯤 먹어 봤을 '소떡소떡'이에요. 이영자 씨가 소떡소떡의 맛을 묘사한 대목을 잠시 인용해 볼게요.

소떡소떡은 소시지와 떡으로 이루어진 꼬치구이인데, 소시지의 짭조름한 맛과 가래떡의 쫄깃한 맛이 어우러져서 새로운 맛을 내요. 이걸 하나씩 따로따로 먹으면 안 되고 갈비처럼 딱 들어서 소시지와 떡을 같이 씹어야 해요. 앙! 입을 크게 벌려서 두 가지를 한입에 넣으면 너무 좋죠.

어때요, 묘사한 글을 보기만 해도 소떡소떡을 먹으러 당장 휴게소로 떠나고 싶지 않나요? 앞서 기승전결 구조로 글의 뼈대를 탄탄하게 만들었다면, 그다음에는 이처럼 실감 나고 재미있는 묘사를 곁들여 양념을 뿌려 주는 거예요. 글을 읽기만 해도 당장 그 음식을 먹고 싶고 그곳으로 달려가고 싶은 마음이 들도록요. 단순하게 "정말 맛있었어요", "또 가고 싶어요"라고만 쓴다면 독자의 시선과 구미를 당기기 어렵겠죠.

여기서 한 가지 팁을 더 소개할게요. SNS에 올리는 글에서 음식 맛을 묘사할 때 해당 음식에 들어가는 재료를 활용하면 더욱 실감 나게 표현할 수 있어요. 예를 들어 스팸이 듬뿍 담긴 김치찌개의 맛을 표현한다면, 재료인 스팸, 김치, 두부 등을 활용해 다음과 같이 쓸 수 있겠죠.

오랜 시간을 견뎌 온 맵고 신 묵은지가 서로 개성이 다른 두 재료를 넉넉한 품 안에 보듬어 주는 느낌이다. 담백하고 고소한 두부와 짭조름한 스팸이 묵은지와 조화를 이뤄 얼큰한 국물로 재탄생했다. 재료마다 씹는 맛이 서로 달라 국물과 함께 따로따로 먹어도 좋고, 갓 지은 흰밥 위에 모든 재료를 다 올려 한입 크게 먹어 봐도 좋다. 볼타는 입안을 중화해 줄 폭신한 계란찜이 곁들여지면 금상첨화다.

TIP 3. 감성적인 키워드 활용하기

SNS를 보다 보면 설명이 자세해서 좋은 게시글도 있고, 오히려 설명이 많이 없어서 좋은 게시글도 있어요. 구체적인 설명을 통해 필요한 정보를 명확하고 생생하게 전달하는 것이 장점인 글이 있는가 하면, 생각할 여지를 남기며 메마른 감성을 촉촉하게 충전해 주는 말랑말랑한 글도 있죠. 여행지에서 찍은 사진 한 컷을 인스타그램에 올린다면 키워드 몇 개만 툭 던져 놓고 말을 조금 아껴 보는 것도 좋아요. 나머지는 읽는 이들의 몫으로 남기

는 거예요. 예를 들
어 봄의 끝자락에
한낮의 공원에서
벚꽃이 비처럼 흩
날리는 장면을 담
은 한 컷을 인스타
그램에 올린다면
이런 키워드를 함

#봄의끝 #분홍벚꽃비 #한낮의공원

께 적을 수 있겠죠. '봄의 끝, 분홍 벚꽃 비, 한낮의 공원.' 어딘가
시 같기도 하고 노래 가사 같기도 한 것이 감성적이지 않나요?

여기서 사진과 관련된 키워드를 뽑는 일은 우리가 글에서 핵
심 주제어를 찾는 과정과 비슷해요. 어떤 상황이나 사진을 두어
개의 단어로 압축해 표현하는 연습을 계속하다 보면 글의 중심
내용이나 키워드를 뽑는 데도 도움이 될 거예요.

SNS 등 온라인에 올라가는 글을 작성하는 것은 일반적인 글
쓰기와 별 상관이 없는 듯 보일 수 있지만, 이제 SNS 글쓰기도
생활 속 글쓰기에서 중요한 하나의 영역으로 확실히 자리 잡았
어요. 오늘 짚어 본 꿀팁들을 활용해 말하고자 하는 바를 효과적
으로 전달하고 소통하며 SNS에서 인싸로 거듭나길 바랄게요!

1 최근에 재미있게 보았던 책 한 권을 골라 팔로워들에게 소개하는 블로그 글을 작성해 봅시다. 단, 기승전결에 맞게 필요한 내용이 빠짐없이 들어갈 수 있도록 계획을 먼저 세우고 써 봅시다.

예시 제목: 『사물의 뒷모습』 (안규철, 현대문학)

기: 책을 고르게 된 이유 -
인스타그램에서 RM이 『사물의 뒷모습』을 추천함
좋아하는 가수의 추천이기에 더욱 기대됨

승: 책 표지와 제목 -
사물의 뒷모습이라는 제목이 흥미로움
저자의 전공

전: 본문 내용 -
책의 콘셉트와 형식
사물에 대한 저자만의 독특한 시선

결: 추천 대상 -
책의 구성과 추천 대상
중간중간에 삽입된 삽화

인스타그램을 하다가 BTS의 리더 RM이 추천했다는 『사물의 뒷모습』이라는 책을 발견했다. 평소에 팬이었기 때문에 RM이 재미있게 읽은 책도 자연스럽게 궁금해졌다. RM이 추천할 정도면 얼마나 근사한 책일까 하고 잔뜩 기대가 되었다.

일단 제목이 무척 흥미를 끌었다. 사람의 뒷모습이라면 몰라도 사물의 뒷모습에 대한 것은 생각해 본 적이 없기 때문이다. 저자는 본래 문학이 아닌, 미술, 조각을 전공했다. 그래서 사물의 여러 형태에 대해 다른 사람들보다 좀 더 깊게 고찰할 수 있던 것이 아닌가 싶다.

이 책은 한 가지 키워드를 설정하고 그 키워드에 대한 저자의 독특한 시선을 펼치는 에세이 형식의 글이다. 우리는 평소에 사물의 겉모습에만 관심이 있고 그 안에는 뭐가 있는지, 뒷면은 어떻게 생겼는지에 크게 관심이 없기 때문에 현실과 상상을 넘나드는 저자의 시선을 관찰하는 것만으로도 충분히 재미를 느낄 수 있는 요소가 있다.

이 책은 한 장이 짧아서 10분 정도면 하나의 이야기를 읽을 수 있다. 긴 글을 별로 좋아하지 않거나 한 자리에서 몇 시간씩 책을 읽을 시간이 없는 사람들이 읽어도 충분히 괜찮은 책이다. 중간중간에 삽입된 연필로 그린 삽화들도 차분하고 따뜻한 느낌을 줘서 곁들여 보기가 편했다.

연습해 봅시다

제목:

기: 책을 고르게 된 이유 ------------------------------

승: 책 표지와 제목 ------------------------------

전: 본문 내용 ------------------------------

결: 추천 대상 ------------------------------

2 제시된 해시태그의 키워드를 바탕으로 인스타그램에 피드할 수 있을 만한
짧은 감성글을 작성해 봅시다.

 글잘러

♡ ◯ ▽　　　　　•• 　　　　　🔖

🔘🔘🔘 jihak님 외 여러 명이 좋아합니다

글잘러 예시 코발트블루 물감을 풀어 놓은 듯한 여름 한낮의
하늘, 이어폰에서 흘러나오는 청량한 멜로디가 텅 빈 마음에
스며들어 어느새 짙은 푸른빛으로 물들이는 듯하다.
#거리 #하늘 #코발트블루 #이어폰

🔘 jihak 좋아요!
🔘 lovely bear 감성적~
🔘 coco 멋진 글이네요 엄지척!
🔘 carpe diem 글 좀 쓰시는군요??

#언박싱 #선물 #인디언핑크 #소원

➡️

#여행 #드라이브 #플레이리스트 #내비게이션

➡️

#소년 #소녀 #케이크 #밀크셰이크 #책

➡️

5

나만의 특별한
에세이 쓰는 법

힐링 에세이, 나도 쓸 수 있을까?

『죽고 싶지만 떡볶이는 먹고 싶어』, 『곰돌이 푸, 행복한 일은 매일 있어』, 『언어의 온도』 같은 책 제목을 지나가다 한 번쯤은 마주쳤을 것 같아요. 혹은 이 책들을 읽어 본 친구도 있을 테고요. 지금은 한풀 꺾이긴 했지만, 얼마 전까지 '힐링 에세이' 열풍이 수년간 서점가를 강타했어요. 힐링 에세이가 하나의 장르로 자리 잡았다고 해도 과언이 아닐 정도로 수많은 에세이 책들이 쏟아져 나왔죠.

제목만 봐도 호기심이 들 정도로 흥미롭고, 귀여운 일러스트까지 곁들여 있는 데다가, 내용도 그리 어렵지 않게 술술 읽혀서 글쓰기에 관심이 많은 친구들은 한 번쯤 '나도 저런 에세이 써 보고 싶다' 혹은 '나도 저렇게 쓸 수 있을 것 같다'라고 생각해 봤을 거예요. 그래서 이번 시간에는 나만의 특별한 에세이를 쓰는 방법에 대해 알아볼까 해요.

우리에게 익숙한 글의 장르 가운데 에세이와 흡사한 것이 있어요. 바로 일기예요. 일기와 에세이는 어떻게 다를까요? 먼저, 둘 다 자신의 생각 혹은 일상을 별다른 형식적 제약 없이 자유롭고 편안하게 써 내려간 글이라는 점에서 서로 닮았어요. 이런 면 때문에 간혹 에세이와 일기의 경계를 무 자르듯 정확하게 나누는 것이 애매할 때도 있죠.

하지만 일기와 에세이를 구분하는 결정적인 차이점이 있어요. 일기는 나만 보는 글이지만, 에세이는 다른 사람에게 읽힐 것을 염두에 두고 쓴 글이라는 점이에요. 일기야 어차피 나를 제외하고는 읽는 사람이 없으니까 어떤 내용을 주제로 잡든, 무슨 생각을 담든 상관없지만 에세이는 분명한 독자가 설정되어 있기 때문에 그들과 공감대를 형성하는 것이 중요해요. 따라서 에세이를 쓸 때는 어떤 방식으로 독자의 공감을 불러올 수 있을지 꼭 고민해야 해요.

TIP 1. 특별하면서도 보편적인 소재 활용하기

독자들의 큰 사랑을 받은 백세희 작가의 에세이 『죽고 싶지만 떡볶이는 먹고 싶어』는 독특한 제목 때문에 더 유명해졌어요. 이 책에는 작가가 실제로 겪었던 우울증 치유기가 솔직하게 담겨 있어요. 타인에게 쉽게 고백하기 힘든 사적인 이야기를 담담하게 펼쳐 낸 점도 인상적이었지만, 떡볶이라는 소재를 통해 내용을 이끌어 냈다는 점이 참 흥미로웠어요. 제목만 보고도 '이 에세이는 절반은 성공했구나'라고 생각했죠.

우리는 평소 스트레스를 받거나 우울할 때면 입안이 얼얼해질 만큼 매운 음식을 찾곤 해요. 매운 음식 가운데 가장 쉽게 접할 수 있는 메뉴는 뭐니 뭐니 해도 떡볶이일 거예요. 그런 떡볶이를 우울한 감정과 연결 지은 제목만으로도 많은 사람에게 공감을 불러일으킬 만한 포인트가 될 수 있어요. 좋은 에세이의 기준은 독자와 얼마나 많은 공감대를 형성하느냐에 달려 있다고 해도 과언이 아니니까요. 그런 면에서 떡볶이라는 소재는 작가의 사적인 이야기와 독자를 연결하는 훌륭한 이음새라고 볼 수 있죠.

제목이 그저 '나의 우울증 치료기'나 '우울한 하루'처럼 평범했다면 이 책이 베스트셀러 자리까지 오르지 못했을지도 몰라요. 많은 사람이 공감하는 좋은 에세이를 쓰고 싶다면 이처럼 내가 전달하고자 하는 메시지를 더 잘 표현해 줄, 특별하면서도 보편적인 소재를 찾아보세요. 아주 좋은 포인트가 될 거예요.

TIP 2. 평범한 것을 새롭게 바라보기

에세이는 누구나 한 번쯤 경험했을 법한, 혹은 다수가 충분히 공감할 만한 개인의 평범한 일상을 담고 있는 경우가 많아요. 에세이를 읽으면서 허를 찌르는 반전이나 손에 땀을 쥐게 할 만큼 스펙터클한 이야기를 기대하는 사람은 아마 거의 없을 거예요. 그렇다면 에세이가 극적인 요소 없이도 독자들의 관심을 끌어모을 수 있는 비결은 무엇일까요?

그 답은 아마 소소한 일상을 바라보는 글쓴이만의 특별한 시선에 있을 거예요. 누구나 익히 알고 있거나 경험했던 보편적인 것들이 글쓴이만의 관점으로 새롭게 비추어졌을 때, 그 고유한 시선이 나의 감성을 툭 건드려 주었을 때 독자들은 신선함을 느끼는 법이에요. 그리고 그 신선함이야말로 독자가 에세이를 끝까지 흥미롭게 읽을 수 있도록 하는 힘이 되어 주죠. 그렇다면 소소하고 평범한 것들에서 어떻게 특별함을 찾아낼 수 있을까요?

남녀노소 누구나 가지고 있는 핸드폰을 예로 들어 설명해 볼게요. 이제 핸드폰 없이는 일상생활이 거의 불가능할 만큼 현대인의 핸드폰 의존도는 절대적으로 높아졌어요. 만약 핸드폰을 소재로 에세이를 한 편 쓴다면 어떤 내용을 담을 수 있을까요? 핸드폰은 우리에게 어떤 의미인가요? 그저 편리한 전자 기기라고요? 여기에서 그친다면 나만의 시선과 감성이 한 스푼 들어간 매력적인 에세이를 쓰기 어렵겠죠.

생각을 살짝 뒤집어 보는 건 어떨까요? 예를 들면, 제가 생각하기에 핸드폰은 사람과 사람을 연결하는 수단이기도 하지만, 동시에 개개인을 섬으로 만들어 버리는 존재 같기도 해요. 예전처럼 직접 만나 얼굴을 맞대지 않아도 핸드폰 하나면 손쉽게 소통할 수 있는 세상에서, 어쩌면 우리는 핸드폰을 손에 쥔 채로 점점 혼자만의 시간과 공간에 고립돼 버리는 건 아닐까 문득 생각한 적이 있어요. 정리하자면 저만의 시선으로 재해석한 핸드폰은 연결의 의미를 갖는 동시에 단절을 뜻하기도 해요.

그래서 제가 핸드폰을 주제로 에세이를 쓴다면 '네모난 섬'
이라는 제목으로 앞서 말한 생각들을 정리해 적어 내려갈 것 같
아요. 제목이 왜 네모난 섬인지는 굳이 설명하지 않아도 알겠죠?
작고 네모난 핸드폰이라는 섬 안에 스스로를 가둔 채, 굳이 밖에
나가 사람들의 물결 속에 섞일 필요성을 느끼지 못하는 지금 우
리의 모습을 글로 담아 보면 재밌겠다는 생각이 드네요.

지금까지 나만의 특별한 에세이를 쓰는 방법에 대해 알아봤
어요. 이번 시간에 우리가 기억해야 할 것들을 정리해 볼까요?
첫째, 에세이는 독자의 공감을 이끌어 낼 수 있어야 한다. 둘째,
좋은 에세이를 쓰고 싶다면 나와 독자 사이의 이음새 역할을 해
줄 특별한 소재를 찾는 것이 좋다. 셋째, 평범하고 일상적인 것
들을 나만의 시선으로 재해석해 본다면 더욱 빛나는 에세이가
탄생할 것이다. 이 내용을 잘 활용해서, 지금 바로 나만의 에세
이를 한 편 완성해 보는 건 어떨까요?

1 일상에서 마주치는 평범한 소재를 이용해서 A4 한 장 분량의 짧은 에세이
한 편을 완성해 봅시다.

> 예시 제시어: 퍼즐
>
> ### 제목: 퍼즐 놀이
>
> 퍼즐 맞추는 것을 별로 좋아하지 않는다. 이미 무슨 그림인지 다
> 아는데 저 많은 그림 조각들을 왜 돈과 시간과 에너지를 투자해 힘
> 들게 맞추고 있는 건지 솔직히 이해가 가지 않는다. 만약에 무슨 그
> 림인지 모르는 채 맞추는 퍼즐이 세상에 존재한다면 퍼즐에 빠졌을
> 지도 모를 일이다. 일분일초가, 하루하루가 뭔가 거대한 그림을 구
> 성하고 있는 퍼즐 조각 같다는 생각을 종종 한다. 철두철미하게 미
> 래의 계획을 세운다거나 꿈을 향해 저돌적으로 달려가는 스타일은
> 아니지만.
> 오늘 하루하루 내가 꾸준히 공들이고 있는 어떤 일들, 혹은 무심코
> 해 버린 행위들을 나중에 시간이 많이 흘러 뒤돌아보면, '이 일을 하
> 려고 내가 그랬었구나', '이 사람을 만나려고 그랬었구나', '이런 일
> 이 생기려고 그랬구나' 하는 경험을 종종 한다. 하루하루를 나름의
> 방식대로 채워 나가는 것은, 완성된 그림을 모른 채 퍼즐 조각을 하
> 나씩 제자리에 끼워 가는 과정인 것 같다. 그래서 불안하지만 스릴
> 있고 매일 반복되는 일상을 덜 지루하게 만들어 주는 듯싶다. 내가
> 완성하게 될 그림은 과연 무엇일까? 지금 만들어 가고 있는 퍼즐은
> 어떤 그림인가?

예시 제시어: 저녁 식사

제목: 가족이 다 함께 저녁 식사를 하는 것의 의미

가족 모두 집으로 돌아오는 차에서 아무런 사고가 없었고, 몸이 많이 아픈 사람도 없고, 학교와 학원도 무사히 마쳤고, 퇴근을 방해하는 요소도 없고, 마트에서 사려는 식료품도 품절이 아니었고, 그것을 지불할 수 있는 경제적 여건도 되고, 쉴 수 있는 편안한 집도 있고, 온 가족이 둘러앉을 식탁이 있고, 서로 얼굴을 맞대고 밥을 먹기에 불편한 관계도 아니다.

이 모든 것이 완벽하게 맞아떨어져야 온 가족이 함께 저녁 식사를 할 수 있는 조건이 갖추어지는 것이므로 가족끼리 저녁 식사를 한다는 것은 어쩌면 신이 허락한 작은 기적일지도 모른다.

여기에서 가족이라는 것의 의미는 혈연으로 이루어진 관계뿐 아니라 가족의 형태를 이루며 살고 있는 모두를 뜻한다. 하루를 마치고 온 가족이 둘러앉아 저녁밥을 먹을 수 있다면 나름대로 행복하고 다행인 삶이라 할 수 있다. 이것이 우리가 매일 마주하는 저녁 식사에 감사할 수 있는 이유이다.

연습해 봅시다

→ 제시어:

제목:

⮕ 제시어:

제목:

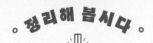

정리해 봅시다

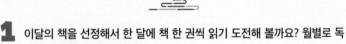

1 이달의 책을 선정해서 한 달에 책 한 권씩 읽기 도전해 볼까요? 월별로 독
서 기록장을 만들어 봅시다.

예시

1월
『나의 문화유산답사기 1』(유홍준, 창비)

- -

감상 포인트 책 소개에 나와 있는 것처럼 그야말로 "우리 국토 전체가
박물관이요 문화유산의 보물고"임을 깨우쳐 준 소중하고 귀한 책이다.
시리즈가 너무 많아서 한 번에 다 읽지는 못했지만 이번 기회에 1권부터
시작해 언젠가는 우리나라 문화재를 재해석한 유홍준 작가님의 시선을
오롯이 느껴 보고 싶다는 생각이 들었다. 부모님이랑 함께 여행을 갔던
경주에서 에밀레종을, 양양에서는 낙산사를 배경으로 사진도 찍었건만
책 속에는 그때는 미처 알지 못했던 역사 이야기들이 사진과 함께 담겨
있어서 감회가 새로웠다. 아는 만큼 보인다고 했던가? 여행 가기 전에 이
책을 미리 봤더라면 그 순간이 더 뜻깊었을지도 모르겠다는 생각에 아쉬
움이 찾아왔다.

기억에 남는 한 구절 "답사를 다니는 일은 길을 떠나 내력 있는 곳을 찾
아가는 일이다. 찾아가서 인간이 살았던 삶의 흔적을 더듬으며 그 옛날
의 영광과 상처를 되새기면서 이웃을 생각하고 그 땅에 대한 사랑과 마
음을 확인하는 일이다." _119쪽에서

특이 사항 사진들이 실감 나고 아름다워서 정말 작가님과 함께 천천히
걸어 다니며 문화재 앞에서 설명을 듣는 기분이 든다. 코로나 때문에 여
행 가기가 참 힘든데 간접적으로 여행 가는 느낌도 받을 수 있었다.

오늘부터 나도 글잘러

( )월

(,)

- -

감상 포인트

_____

기억에 남는 한 구절

_____

특이 사항

3장

이럴 땐, 이렇게 :

✷ 자기소개서 쓰기
작사가 ✷ 되기 ✦✦✦

6

차별화된
자기소개서 쓰는 꿀팁

자기소개서란?

새 학기 첫 등교 날 한 명씩 돌아가며 새로 만난 친구들에게 간단히 자기소개를 해 본 적이 한 번쯤 있을 거예요. 자기소개는 나에 대한 정보를 짧은 시간 안에 그것을 필요로 하는 사람들에게 효율적으로 전달하는 일입니다. 그리고 이를 상대방이 원하는 형식의 글로 정리한 것이 바로 자기소개서입니다.

자기소개서는 특목고나 자사고, 대입을 준비할 때 내신과 수능, 논술만큼이나 합격에 큰 영향을 미치곤 합니다. 더 나아가 미래에 취업할 때도 중요하게 요구되는 서류 중 하나죠. 가끔 저한테 자기소개서를 잘 쓰는 방법에 대해 자문을 구하는 학생들이 있는데, 이번 시간에는 그때 해 줬던 조언들을 포함해서 차별화된 자기소개서를 쓰는 주요 포인트들을 하나씩 짚어 보도록 할게요.

우선 고입·대입이나 취업에 필요한 자소서를 작성하기 전에 상대가 나에게 자소서를 요구하는 목적부터 파악할 필요가 있어요. 그들은 왜 자소서를 필요로 할까요? 내신 등급이나 시험 성적, 출신 학교나 지역만으로는 '나'라는 사람에 대해 자세하게 파악하기가 어렵기 때문이에요. 학생이나 사원을 선발하는 것은 단체를 함께 이뤄 갈 구성원들을 가려내는 매우 중요한 일입니다. 따라서 지원자가 우리 학교나 회사에 잘 어울릴 만한 사람인지, 서로 긍정적인 시너지를 낼 수 있을지 등을 사전에 판단하기 위해 자소서를 요구하는 거예요. 그렇다면 지원자는 자소서를 쓸 때 자신이 지원하는 곳에 꼭 필요한 사람 혹은 잘 맞는 사람이라는 점을 최대한 어필하는 데 힘써야겠죠. 이를 위해서는 지원하는 곳의 특성에 맞게 나의 캐릭터를 생생하게 구현해 내는 데 집중해야 합니다.

TIP 1. 어떻게 어필할 것인가?

우선 어떤 일이든 기본을 잘 지키는 것이 중요합니다. 자기소개서를 쓸 때도 마찬가지예요. 자소서는 지원하고자 하는 학교에 제출하는 공식적인 서류입니다. 일반적으로 자소서는 각각의 문항에 대한 답을 서술하는 형태로 이뤄져 있어요. 질문에서 원하는 답을 충실히 서술하기 위해서는 우선 내가 하고 싶은 말을 효과적으로 전달할 수 있는 문장력, 적절한 단어를 선택해 자신을 표현할 수 있는 어휘력이 필요합니다. 평소에 글쓰기 연습을 많이 해 둔 학생이라면 큰 문제 없이 작성할 수 있겠지만 아직 글쓰기가 서툰 학생들이라면 자소서를 쓸 때 어려움을 겪기 마련이에요. 기본 문장을 군더더기 없이 탄탄하게 서술할 줄 알아야 자소서도 잘 쓸 수 있어요. 평소에 자신의 글쓰기 실력이 부족하다고 생각한다면 지금부터라도 글쓰기 연습을 꾸준히 해 두길 바랍니다.

두 번째로 지켜야 할 기본 원칙은 솔직해야 하는 것입니다. 합격하고 싶은 마음에 사실이 아닌 내용을 지어서 쓰거나 너무 심하게 과장해서는 안 됩니다. 자소서에 적힌 모든 정보들은 이를 검증할 수 있는 자료나 결과물이 있어야 합니다. 이를 어길 경우, 나중에 문제가 발생할 수 있으니 특별히 주의해야겠죠.

세 번째로 지켜야 할 것은 기재 금지 사항들을 미리 꼼꼼히 체크해 서술하지 않는 것입니다. 예를 들어 취학 서류에는 일반적으로 공인 어학 성적, 사교육이 필요한 각종 교외 활동 및 수상 실적, 부모님의 직업 또는 집안 배경을 유추할 수 있는 정보들에 관한 기입은 금지되고 있습니다. 세부적인 금지 사항은 학교나 회사마다 차이가 있을 수 있으니 자소서 작성 전에 꼭 미리 체크해 봐야겠죠?

TIP 2. 스토리텔링

자소서의 스토리 기본을 충실히 다졌다면 그다음에 고민해 봐야 할 사항은 스토리텔링입니다. 자소서도 결국엔 하나의 스토리가 있는 글입니다. AI처럼 그저 사실을 딱딱하게 전달하는 데서 끝나 버리면 안 되겠죠. 비슷한 스펙을 가진 수많은 지원자들 중에서 눈에 띄려면 읽는 이의 머릿속에 각인되고 기억에 남을 만한 포인트가 있어야 합니다. 처음부터 끝까지 지루하지 않게 읽히는, 포인트 있는 자소서를 쓰기 위해서는 진정성 있는 이야기가 반드시 담겨야 해요. 내가 어떤 스토리를 가지고 있는 사람이고, 그것이 이 학교나 회사와 어떠한 연관성이 있는지를 짧은 글 안에서 뚜렷하고 인상 깊게 보여 줄 수 있어야 합니다.

예전에 요리 관련 학교에 지원하려 하는 한 남학생의 자소서 작성법을 조언해 준 적이 있어요. 그 학생은 나이가 어려서 마땅한 경험도 없고 자신이 요리에 특별한 소질이 있는지도 잘 모르겠지만, 책상에 앉아서 하루 종일 공부만 하는 것보다는 요리하는 게 훨씬 재미있을 것 같아서 그 학교에 가고 싶다고 했어요. 공부를 꽤 잘해서 내신 성적으로는 해당 학교에 진학하는 데 큰 문제가 없을 듯했지만 자소서에 이런 내용을 그대로 쓸 수는 없는 노릇이었죠.

아마도 많은 친구들이 저 학생과 비슷한 마음으로 자소서를 쓰지 않을까 싶어요. 당장 그 학교나 회사에 가서 내가 얻거나 이룰 수 있는 것이 무엇인지는 정확히 알 수 없지만 막연히 '가면 좋을 것 같아서', '다른 곳보다는 좀 나을 것 같아서' 등의 판단이 지원 동기의 다수를 차지할 거라고 생각합니다. 사실 중·고등학생 시절에 정확한 목표나 꿈을 정하는 것도 현실적으로 쉽지 않은 일이죠. 하지만 그렇다고 해서 이 같은 마음을 자소서에 있는 그대로 쓸 경우, 불합격할 가능성이 매우 높습니다. 분명

앞서 자소서의 기본은 솔직하게 쓰는 것이라고 했는데 왜 말이
달라졌냐고요?

앞에서 언급한 내용은 사실 정보를 적을 때 거짓말을 해서는
안 된다는 뜻이지, 굳이 합격에 도움이 되지 않는 속마음까지 솔
직하게 쓸 필요는 없습니다. 요리 학교에 지원하려는 학생에게
제가 가장 먼저 한 질문은 '맨 처음 요리나 음식에 어떻게 관심
을 갖게 되었는지'였습니다. 그 이야기를 들으면 자소서를 작성
하는 데 조금이나마 실마리를 얻을 수 있지 않을까 싶었어요.

그 친구는 직접 요리를 해 본 적은 많이 없지만 가족들과 어
렸을 때 갔던 뉴욕 여행에서 먹은 피자와 스파게티가 너무 맛있
어서 아직도 기억에 남는다고 이야기했어요. 지금도 뉴욕을 생
각하면 다른 것은 잘 기억나지 않아도 당시 오픈 키친에서 피자
와 스파게티를 정성스레 만들던 셰프님의 얼굴은 생생하게 떠오
른다면서, 나중에 다시 뉴욕에 가게 된다면 그 레스토랑을 찾아
가 그때 먹은 피자와 스파게티를 꼭 다시 먹어 보고 싶다는 말을
했습니다.

이 학생은 분명 아주 좋은 스토리 재료를 가지고 있음에도
이를 미처 발견하지 못해 제대로 활용하지 못한 경우였어요. 이
스토리를 조금 재구성해 자소서에 맞게 바꿔 써 볼까요?

어렸을 때 뉴욕으로 가족 여행을 간 적이 있습니다. 오래전이라 다른

것들은 기억이 잘 안 나지만, 그때 한 레스토랑에서 먹었던 피자와 스파게티의 맛, 그리고 오픈 키친에서 음식을 만들고 있던 셰프님의 얼굴은 아직도 생생합니다. 저에게 뉴욕이란 곧 그 레스토랑과 셰프님이라고 할 수 있습니다.

이렇듯 맛있는 음식과 식당은 어떤 도시를 대표할 만한 중요한 요소가 되곤 합니다. 저도 이 학교에서 좋은 셰프로 성장해 서울을 대표하는 레스토랑을 운영하는 오너 셰프가 되고 싶습니다. 서울을 여행하는 사람들이 '서울' 하면 제 레스토랑을 떠올릴 수 있도록 만드는 것이 꿈입니다.

그 학생에게 자소서에 구체적으로 레스토랑을 오픈하고 싶은 동네와 레스토랑 이름까지 정해서 작성하라고 조언해 줬습니다. 실제로 높은 경쟁률을 뚫고 최종 합격해서 학교에 재미있게 잘 다니고 있다는 기쁜 소식을 전해 들었어요. 이 자소서가 특별해진 비결은 바로 스토리텔링 덕분이라고 생각해요. 뉴욕과 서울이라는 구체적인 지명과 직접 겪은 진솔한 경험을 더해 스토리를 더욱 탄탄하고 실감나게 만들어 준 것이 신의 한 수였습니다.

어때요, 우리도 자소서 항목 중 학교에 지원하게 된 동기나 장래 희망에 관한 문항에서 지금 소개한 스토리텔링 방법을 참고해 활용할 수 있겠죠? 다들 희망하는 학교나 학과는 모두 다르겠지만 나만의 이야기가 담긴 차별화된 자소서로 원하는 곳에 꼭 합격하길 응원할게요!

1 현재 희망하고 있는 대학교와 전공을 구체적으로 설정해서 서류 심사나 면접에서 활용할 만한 자기소개서의 일부를 1,500자 이내로 써 봅시다.

> 예시 희망 대학교: ○○대학교
>
> 희망 학과: 문예창작과
>
> 제 꿈은 라디오 방송 작가가 되는 것입니다. 좋아하고 즐겨 듣는 프로그램은 〈별이 빛나는 밤에〉입니다. 우연한 기회에 별밤 방송 작가님을 만나 뵐 기회가 있었는데 그분이 ○○대학교 문예창작과를 졸업하셨다는 것을 알게 되었습니다. 더불어 ○○대학교 문예창작과에서 공부하면 실제 방송 대본을 작성하는 데 필요한 구성력, 어휘력, 표현력을 두루 배울 수 있는 장점이 있다는 정보 또한 얻게 되었습니다. 그래서 저는 유수의 훌륭한 방송 작가를 배출해 낸 ○○대학교 문예창작과에 합격해서 방송 작가로서의 꿈을 이루기 위해 고등학교 재학 기간 동안 다음과 같은 것들을 준비했습니다.
>
> 첫째, 교내에서 진행되는 모든 글짓기 대회에 참가해 다수의 상을 받았습니다. 물론 상을 받기 위해 한 것은 아니지만 글에 대한 열정이나 실력을 어느 정도 증명해 줄 수 있다고 생각했기 때문에 꾸준히 도전했고 감사하게도 좋은 결과를 여러 번 얻었습니다. 특히 매달 교내에서 진행되는 독후감 대회를 열심히 나갔습니다. 글쓰기의 기본은 독서라고 생각하기 때문에 일거양득의 효과가 있다고 판단했습니다.
>
> 둘째, 지속적으로 여러 종류의 라디오 방송을 모니터하고 청취나 시청 소감을 논리적으로 요약해서 시청자 게시판에 올렸습니다. 프로그램의 장단점 분석과 개선 방안, 더 바라는 점 등을 기승전결의 형태로 정리해 한 달에 한두 건 정도는 꾸준히 게시판에 올렸고 실

제로 방송 관계자분들이 제 모니터를 보고 코너에 적용한 사례도 있습니다.

셋째, 라디오를 듣다 보면 글쓰기 실력이 필요한 청취자 참여 코너가 있는데 그 코너에 여러 번 글을 보내 당첨이 되어 제 글과 이름이 방송에 나온 적이 많습니다. 예를 들면 광고 카피 만들어 보기, 노래 가사 바꿔 보기, 라디오 오프닝 써 보기 코너 등이 있습니다. 정성스레 쓴 글이 제가 좋아하는 DJ의 입을 통해 흘러나오는 일은 정말 짜릿한 경험이었습니다.

지금까지 제가 문예창작과에 지원해 라디오 방송 작가가 되기 위해 기울인 노력들에 대해 설명해 보았습니다. 아직 학생 신분이기에 대단하고 거창한 것들은 못했지만 저에게 주어진 상황에서 최선을 다해 왔다고 자부합니다.

7

그까짓 논술이 별거냐?

논술이란 무엇일까?

학교 시험을 볼 때 문제에 알맞은 답을 객관식이나 주관식으로 쓰곤 하죠? 논술 역시 이와 크게 다르지 않아요. 정해진 글자 수와 형식에 맞게, 맞춤법과 띄어쓰기를 잘 지켜서 써야 한다는 전제 조건이 붙을 뿐, 똑같이 주어진 문제에 대한 답을 적는 일이니까요. 물론 약간의 연습을 거쳐야 하지만 너무 어렵게 생각하거나 겁먹을 필요는 전혀 없어요. 논술의 사전적 의미는 '어떤 문제에 대해 자기 생각이나 주장을 논리적으로 풀어서 서술하는 것'이에요. 알고 보면 우리가 일상생활에서 입으로 내뱉는 말들도 논술과 맞닿아 있어요. 단지 말의 형태라서 의식하지 못할 뿐이지 우리는 이미 저마다 슬기로운 논술 생활을 하는 중이라고 볼 수 있죠. 무슨 이야기인지 좀 더 자세히 설명해 볼까요?

친구들과 일요일에 무엇을 하며 놀까 의논하는데 각자 하고 싶은 일이 전부 다른 경우를 예로 들어 볼게요. 나는 최신 영화를 보러 가고 싶은데, 다른 친구는 멀리 있는 맛집에 가고 싶어 하고, 또 다른 친구는 놀이동산에 가고 싶어 한다고 가정해 봅시다. 갈등과 다툼 없이 친구들에게 내 의견을 관철하려면 설득의 과정이 필요하겠죠. 설득을 위해선 내 주장을 뒷받침해 줄 만한 적절한 근거들이 있어야 해요. 다른 친구들이 충분히 납득할 만한 이유가 있어야 내 의견이 평화롭게 받아들여질 테니까요.

TIP 1. 차근차근 설득하기

충분한 근거가 뒷받침되지 않는 주장은 그저 막무가내로 우기는 것과 다를 바 없어요. 다른 친구들이 가고 싶어 하는 맛집과 놀이공원을 포기하고 영화관에 가야 하는 합당하고 논리적인 근거를 세 개 정도 찾아봅시다.

첫째, 맛집과 놀이공원은 한두 달 안에 없어질 가능성이 거의 없으니 꼭 지금이 아니라 다음에도 얼마든지 갈 수 있지만, 최신 영화는 정해진 상영 기간이 있기 때문에 지금이 아니면 영화관에서 볼 수 없을지도 모른다.

둘째, 유명한 맛집이라면 주말인 일요일에 사람들이 많이 몰려서 코로나 시국에 안전거리를 제대로 유지하기 힘들 것이다. 게다가 그 맛집은 집에서 멀고 근처에 다른 시설도 특별히 없어서 동선이 애매하다. 하지만 영화관은 관람 내내 마스크를 쓰고 있으니 안전하며, 종합 쇼핑몰 안에 있으므로 영화를 보고 난 후에 근처에서 쇼핑하거나 서점에 가는 등 즐길 거리가 다양하다.

셋째, 일요일에는 놀이공원 방문객이 많아 인기 있는 놀이기구는 대기 시간이 한 시간 넘게 소요되기도 하는데, 그 경우 시간 관계상 고작 서너 개 정도만 타고 나와야 할 수 있다. 몇만 원이 훌쩍 넘는 놀이공원 입장료를 고려해 본다면 합리적이지 않은 소비이니, 나중에 방학을 이용해 평일 아침 일찍 미리 계획을 짜고 가는 편이 나을 것이다. 이와 달리 영화관은 좌석을 예매하면 대기할 필요도 없고 비용도 놀이공원보다 훨씬 저렴하다.

어때요, 위의 세 가지 근거를 들면 친구들을 충분히 설득해 영화관으로 데리고 갈 수 있겠죠? 일상에서 친구나 가족과 이처럼 사소한 의견 충돌을 겪어 본 적이 있을 거예요. 그럴 때 상대방을 어떻게 설득했는지 떠올려 보세요. 위의 예시처럼 나의 주장을 적절한 근거와 함께 글로 잘 정리한 것이 바로 논술이에요.

TIP 2. 반대 의견에 대한 존중

논술과 토론은 뗄 수 없는 세트예요. 자신의 주장을 논리적으로 글로 펼쳐 낸 것이 논술이라면, 토론은 자신의 주장을 상대방과 대화 형식으로 나누는 것이에요. 대립하는 의견을 각자의 입장에서 본다면 모두 논리적이고 합리적인 의견일 수도 있기에, 어떤 것은 전적으로 맞고 어떤 것은 무조건 틀리다고 판단할 수 없는 경우가 많습니다. 그러므로 논술을 쓸 때나 토론을 할 때 갖추어야 할 중요한 매너는 나의 의견은 맞고 나와 상반된 의견은 틀리다는 어조를 자제하는 것이에요. 내 생각을 건강한 방식으로 의견이 다른 상대방과 나눌 줄 아는 성숙한 태도도 매우 중요합니다.

1 우리나라는 1997년 12월 30일 이후 사형을 집행하고 있지 않아 사실상 사형 폐지국이라고 할 수 있습니다. 이후 사형 제도를 둘러싼 찬반 여론이 팽팽히 맞서고 있습니다. 사형 제도에 관한 입장을 정하고 그에 대한 근거를 세 가지 정도로 정리한 후 1,000자 이내의 논설문을 작성해 봅시다.

예시 사형 제도 반대 근거

1. 잘못된 판결로 인한 무고한 희생자가 생기는 것을 막을 수 있다.
- 모든 범죄에 대한 판결은 오판의 위험이 공존
- 사형으로 인해 자칫 돌이킬 수 없는 더 큰 범죄를 저지를 가능성

2. 사형 폐지국 중 일부에서는 범죄율이 감소하는 추세를 보이고 있다.
- 사형 제도와 범죄율 간의 뚜렷한 상관관계 불확실
- 사형 제도를 폐지한 일부 국가에서는 범죄율이 오히려 감소

3. 대한민국 헌법을 위반하는 행위이다.
- 대한민국 헌법 제10조
- 국가가 국민의 생명을 빼앗을 권리는 부재

사형 제도 반대 논설문

우리나라는 사실상 사형 폐지국에 속한다. 그런데 요즘 사형 제도를 다시 부활시켜야 한다는 주장이 심심치 않게 제기되고 있다. 사형 제도는 계속 폐지된 상태로 두어야 한다고 생각한다. 이 주장의 근거는 다음과 같다.

첫째, 잘못된 판결로 인한 무고한 희생자가 생기는 것을 막을 수 있다. 모든 범죄에 대한 판결은 오판의 위험을 가지고 있다. 아무리 증거나 증인이 있다 하더라도 모든 범죄 사건의 결과를 100% 확신하기는 힘들기 때문이다. 실제로 오판으로 인해 무고하게 생명을 잃은 사례들이 적잖이 있어 왔다. 따라서 사형으로 인해 우리는 더 끔찍한 범죄를 저지를 수 있다.

둘째, 사형 폐지국 중 일부에서는 범죄율이 감소하는 추세를 보이고 있다. 사형이 이루어지는 중요한 이유 중 하나는 범죄율 감소를 위해서다. 하지만 사형 제도 존폐 여부와 범죄율 간의 뚜렷한 상관관계를 찾기가 힘들다는 것을 사형 제도가 여전히 존재하는 나라들의 데이터로 충분히 확인할 수 있다. 오히려 사형 제도를 폐지한 일부 국가들에서의 범죄율이 다소 감소했다는 연구 결과도 있다.

셋째, 대한민국 헌법 제10조에는 "모든 국민은 인간으로서의 존엄과 가치를 가지며 행복을 추구할 권리를 가진다. 국가는 개인이 가지는 불가침의 기본적 인권을 확인하고 이를 보장할 의무를 진다"라고 되어 있다. 범죄자도 국민의 한 사람이다. 큰 죄를 저질렀다고 해서 국가가 국민의 생명을 빼앗을 권리는 없는 것이다.

위에서 나열한 세가지 근거들로 인해 사형 제도는 폐지되어야 한다고 주장한다.

연습해 봅시다

사형 제도 찬성 근거

❶

❷

❸

❹

오늘부터 나도 글잘러

사형 제도 찬성 논설문

○ 연습해 봅시다 ○

2 우리나라의 선거권 연령은 2019년 12월 공직선거법 개정안 통과로 기존 만 19세에서 만 18세로 하향 조정되었습니다. 오스트리아, 브라질, 쿠바 등의 나라의 선거권 연령은 만 16세로 우리나라에서는 미성년자로 규정 하고 있는 연령대의 국민들도 선거권을 가지고 있습니다. 선거권 연령의 하향 조정에 대한 주장을 1,000자 이내로 논술해 봅시다.

주장을 뒷받침하는 근거

❶

❷

❸

90

오늘부터 나도 글잘러

→ 찬성 혹은 반대 논설문

3 코로나19의 영향으로 학교와 학원에서 온라인 수업이 점점 보편화되고
있습니다. 온라인 수업의 장단점과 개선안에 대한 주장을 1,000자 이내로
논술해 봅시다.

주장을 뒷받침하는 근거

❶

❷

❸

➜ 찬성 혹은 반대 논설문

그니까 작사가 뭐냐면

BTS, BLACKPINK, NCT, TWICE, Super M 등 자랑스러운 우리나라 아티스트들이 세계 무대에서도 크게 활약하고 있어요. 우리나라 가수들의 곡이 빌보드 차트에서 상위권을 차지했다는 뉴스가 어느새 꽤 익숙해질 만큼 세계적으로 K-POP 열풍이 불고 있습니다.

K-POP에 대한 사람들의 관심이 뜨거운 만큼 작사와 작사가라는 직업에 대한 관심도 점점 높아지는 추세예요. 많은 이들이 흥얼거리는 곡의 노랫말을 쓴다는 것은 대단히 매력적인 일이에요. 꼭 작사가의 꿈을 마음속에 품고 있지 않더라도, 평소에 하고 싶은 이야기를 랩이나 노래 가사로 만들어 본 적이 한 번쯤 있지 않나요? 그만큼 이제는 작사라는 게 많은 사람들에게 꽤 친숙하고 가까워지고 있는 듯해요. 그렇다면 작사가는 무슨 일을 하는 사람이고, 작사는 어떤 과정을 통해 이뤄질까요?

TIP 1. '들리는 글'을 써라

사전에서 '작사'를 찾아보면 '노랫말을 지음'이라는 뜻풀이가 나와요. 한마디로 작사는 멜로디에 가사를 입히는 작업이에요. 이렇게 작사하는 일을 직업으로 삼은 사람들을 '작사가'라고 합니다. 더불어 멜로디를 만들어 내는 사람들은 '작곡가'라고 하고요. 저 같은 작사가들은 작곡가나 SM, JYP, YG, HYBE 등의 연예 기획사에서 곡을 의뢰받아 작업해요. 이때 작사가는, 가사가 입혀지기 전의 멜로디를 받는데, 이걸 '데모(demo)'라고 불러요. 작사가는 데모를 듣고 곡을 부를 가수와 곡의 이미지에 맞게 완성도 높은 가사를 정해진 기한 내에 만들어 내야 해요. 해당 가수의 예정된 컴백 시기에 모든 스케줄을 맞춰야 하기 때문에 일정은 항상 촉박해요. 특히 가사의 분위기에 맞게 안무와 무대 콘셉트, 의상 등이 정해지다 보니, 일단 멜로디가 만들어지고 나면 노랫말을 붙이는 작사 작업이 바로 이뤄져야 해요.

가사는 도대체 어떻게 쓰는 걸까요? 작사와 일반 글쓰기는 어떻게 다를까요? 작사는 일반 글쓰기와 달리 이미 존재하는 멜로디 위에 글을 입힌다는 것이 가장 큰 차이점이에요. 이 말은 즉, 들리는 글을 써야 한다는 뜻이죠. 작사가가 가사를 쓸 때는 직접 손으로 적어 보거나 입으로 뱉어 보기도 하고, 단어를 하나하나 분석하는 등 세밀한 작업이 이뤄져요. 또 곡 진행에 방해가 되지 않도록 멜로디의 흐름과 자연스럽게 맞아떨어지면서도 대중이 이해하기 쉽게 노랫말을 써야 하죠. 여기에 더해 해당 가수의 세계관이나 음반 발매 시점(계절) 등도 고려해야 하고, 연예 기획사마다 선호하는 분위기도 각각 다르기 때문에 이 모든 것들을 다 반영해 가사로 녹여 내는 일은 생각보다 쉽지 않아요.

오늘부터 나도 글잘러

TIP 2. 가사 뜯어보기

이번 시간에는 제가 작업한 슈퍼주니어 정규 10집의 1번 트랙 〈SUPER〉라는 곡을 예로 들어서 설명해 볼게요. 이 앨범은 발매 당시 세계 각국의 음원 사이트에서 1위를 차지하며 글로벌 팬들의 많은 사랑을 받았어요.

〈SUPER〉

Take you want to something

Take you want to something

Take you want to something

Flash

모두 기다려 온 SUPER

우린 시작부터 SUPER

거침없이 SUPER Duper

Cause Down Down Down

You got me something

다시 크게 외쳐 SUPER

우린 끝이 없이 SUPER

거침없이 SUPER Duper

Cause Down Down Down

You got me something

흩어졌던 별들이 마침내 제자리

지루한 분위기를 반전시켜 또 한 번 네 맘을 훔칠 시간

눈이 부신 빛이 겹쳐진 순간 타오르는 Shine Yeah

Take you want to something

Take you want to something

Take you want to something

Flash

모두 기다려 온 SUPER

우린 시작부터 SUPER

거침없이 SUPER Duper

Cause Down Down Down

You got me something

다시 크게 외쳐 SUPER

우린 끝이 없이 SUPER

거침없이 SUPER Duper

Cause Down Down Down

You got me something

Take you want to something

Take you want to something

Take you want to something

예시 곡의 가사를 뜯어보기에 앞서, 우선 가사의 전반적인 구조에 대해 알아볼게요. 노래 가사는 얼핏 자유로워 보이기에 별다른 구성이 없을 거라고 생각할 수 있겠지만, 엄연히 기승전결과 같은 일정한 구조를 가지고 있고 각 구조별로 담당하는 역할도 뚜렷하게 나뉘어 있어요.

- 벌스(verse): 도입부, 멜로디가 나오는 첫 번째 부분, 배경 설정, 인물 소개
- 프리코러스(pre-chorus): 전개, 곡의 긴장감을 고조하는 부분, 이야기의 연결점
- 코러스(chorus): 후렴, 곡에서 가장 중요한 부분, 이야기의 핵심 내용
- 브릿지(bridge): 이음새, 코러스를 한 번 더 반복하기 전에 곡의 분위기를 환기하는 부분, 편지의 추신 같은 추가 내용

예시 곡은 앨범의 문을 여는 인트로 느낌의 곡이라 구조가 다른 곡보다 비교적 단순한 편이에요. 가장 기본이 되는 구성인 벌스와 코러스로만 이뤄져 있죠. 이 곡은 코러스로 먼저 시작한 뒤에 벌스가 등장해요. "흩어졌던 별들이~"로 시작하는 벌스에서는 중심적으로 이야기할 내용의 배경과 인물에 대해 언급하고 있어요. 제가 SM에서 이 곡의 작사를 의뢰받았을 때, 오랜만에 컴백하는 슈퍼주니어 앨범의 첫 문을 활짝 여는 느낌으로 써 달라는 요청이 있었어요. 그래서 벌스에서는 원조 K-POP 스타인 슈퍼주니어가 드디어 컴백해, 그동안 다른 가수들이 차지하고 있던 원래 자신들의 자리를 다시 찾으러 왔으니 기대해도 좋다는 메시지를 담았어요.

가사에 나오는 '흩어졌던 별들'은 김희철, 이특, 신동 등 각자의 위치에서 예능인, MC 등으로 활약하고 있는 슈퍼주니어 멤버들을 나타내는 표현이에요. 저마다의 자리에서 반짝거리던 별들이 이번 앨범을 통해 하나로 합해져 강력한 시너지를 발휘할 거라는 의미를 "눈이 부신 빛이 겹쳐진 순간 타오르는 Shine"이라고 표현해 봤어요.

이 곡의 벌스에서는 SM 가사의 특징도 엿볼 수 있는데, SM은 대체로 전하고자 하는 메시지를 직접적으로 강하게 드러내기보다 비유적인 표현 방식을 선호하는 편이에요. 그래서 이 곡에서도 슈퍼주니어의 컴백을 직설적인 화법으로 전달하기보다는

오늘부터 나도 글잘러

'별'이라는 대상을 통해 비유적으로 드러냈어요. 가수의 인지도나 이미지, 기획사의 성향 등에 따라 어울리는 비유에도 차이가 있기 때문에, 가사를 쓰기 전에 이 노래를 부를 가수에 대해서도 충분히 공부해 둬야 합니다. 가사를 쓸 때 고려해야 할 사항들이 생각보다 꽤 많죠?

다음으로 코러스는 앞서 설명한 것처럼 곡의 후렴이자 이야기의 핵심을 나타내는 부분이에요. 해당 곡이 드러내고자 하는 주제와 분위기 등이 가장 잘 표현되는 대목으로, 한 번만 들어도 기억에 남을 만큼 중독성 있고 인상적인 멜로디와 가사로 진행돼요. 예시 곡에서도 코러스 부분이 가장 강렬하게 여러 번 반복되는데, 우린 처음부터 지금까지 슈퍼스타이고, 오래 기다려 준 만큼 이번 앨범으로 거침없이 다 보여 줄 테니 크게 환호해 달라는 메시지를 핵심적으로 담아 봤어요.

지금까지 작사할 때 쓰이는 기본 용어와 작사 과정, 가사의 구조와 구조별 역할, 가사를 쓸 때 고려해야 할 사항들에 대해 간단히 알아봤어요. 그동안 가사는 그저 새벽에 감상에 젖어 한 번에 쭉 써 내려가는 것인 줄만 알았던 친구들도 많았을 것 같은데, 고작 3~4분밖에 안 되는 곡의 노랫말을 붙이는 데 분석하고 고려해야 할 점들이 참 많죠? 이 내용이 작사가를 꿈꾸거나 작사에 관심이 있는 친구들에게 도움이 될 수 있다면 좋겠어요.

1 포털 사이트나 음원 플랫폼에서 다음 곡을 검색하여 가사를 찾아 보세요. 각 내용에 맞게 구조를 나눠 봅시다. 그다음으로, 좋아하는 곡을 골라 구조를 나누고 각각 어떤 내용이 들어가 있는지 메모해 봅시다.

예시 곡명: 〈PRETTY BOYS〉(YENA)

작사가: 안영주, 조이아, YENA, 72

가사
인트로)

- -

벌스 1)

내용: 절친에게 남친이 생긴 사실을 다른 사람을 통해 알게 되어 서운한 감정과, 달라진 친구의 태도에 섭섭한 마음을 표현

- -

프리코러스)

내용: 절친의 남친을 질투하는 속마음이 드러난 부분, 더불어 친구의 남
　　　친보다 본인이 친구에게 더 특별한 존재임을 표현

코러스)

내용: 새로운 만남을 시작한 친구에게 당부하는 말을 표현

벌스 2)

내용: 친구 남친에 대한 안 좋은 소문을 들은 상황, 하지만 섣불리 나서
　　　지는 않고 있는 신중함을 표현

브릿지)

내용: 그 남자에게 상처받으면 다시 자신에게 돌아오라는 찐친으로서의
메시지를 표현

곡명:

작사가:

가사

2 가사는 저마다의 스토리를 가지고 있습니다. 앞서 쓴 좋아하는 곡의 가사를 살펴보고 어떤 스토리를 담고 있는지 상상력을 덧붙여서 써 봅시다.

> 예시 곡명: 〈PRETTY BOYS〉(YENA)
>
> 스토리
> 나의 오랜 친구인 너, 어렸을 때부터
> 맨날 나랑만 놀고 나랑 공부하고 나랑 밥 먹고
> 나의 모든 일상엔 전부 네가 있었지
> 하루 종일 둘이 수다를 떨다가도
> 집에 가자마자 또 잘 때까지 티키타카
> 톡을 주고받을 정도로 우린 꼭 붙어 다녔는데
> 언제부터인가 조금씩 뜸해지는 연락
> 싸운 적도 없는데 나한테 뭐 섭섭한 거 있나
> 걱정되던 즈음 들려온 소문, 너 남자친구 생겼다며?
> 어떻게 네 얘기를 내가 남한테 듣게 하니
> 꽤 잘생겼다며? 그 애랑 노느라 나는 잠시 잊은 거야?
> 나랑 놀 때 제일 재밌고 제일 편하다며
> 그건 다 거짓말이었어?
> 어떻게 남친 생겼다고 나한테 소홀해지니? 진짜 섭섭하다
> 그 애가 얼마나 너한테 잘해주는지는 모르겠지만 나보다는 아닐걸?
> 그 애가 널 얼마나 잘 아는지 모르겠지만 나보다는 아닐걸?
> 잠시뿐일 설렘 때문에 날 놓치지 마
> 널 너무 좋아하지만 남자친구 때문에 톡도 안 하는 널
> 계속 기다릴 수는 없을 것 같아

곡명:

스토리

9

나도 작사가가
될 수 있을까? - 2

작사, 이것만은 알고 가자

지난 시간에는 작사를 할 때 꼭 알아 둬야 할 용어, 가사의 구조별 특징 등 기본 개념에 관해 이야기해 봤어요. 그동안 노래 가사를 그저 흘려듣곤 했던 친구들은 가사에도 일정한 구조가 있고, 가사를 쓸 때 생각보다 많은 요소를 고려해야 한다는 사실을 새롭게 깨달았을 거예요. 그럼 이번에는 조금 더 깊게 들어가서 한 편의 가사를 완성해 가는 과정에 대해 알아볼까요?

얼핏 생각해 보면 가사를 쓰는 일은 무척 감성적으로 비춰질 수 있어요. 왠지 새벽 감성에 푹 젖었을 때나, 아름답고 슬픈 영화를 여러 편 본 후에 촉촉해진 마음으로 가사를 써야 할 것 같은 느낌이 들 텐데, 실제로는 그렇지 않은 경우가 더 많아요. 작사는 생각보다 매우 이성적인 작업으로, 가사를 쓸 때마다 늘 냉철하게 판단하고 이것저것 계산해 봐야 하죠. 특히 K-POP 아이돌 곡의 경우, 세계 시장을 염두에 두고 제작되기 때문에 가사에 글로벌 마케팅 포인트까지 녹여야 할 때도 있어요. 즉, 해외 팬들도 공감할 수 있는 요소가 들어가야 한다는 뜻이에요. 그렇다면 본격적으로 작사가 어떻게 이뤄지는지 알아볼게요.

TIP 1. 의뢰받은 주문 사항 적용하기

가사를 쓸 때 꼭 체크해야 하는 포인트를 크게 세 가지로 나눠 볼 수 있어요.

- 기획사에서 의뢰받은 사항들을 가사에 어떻게 적용할 것인가?
- 아티스트의 이미지와 가사가 잘 어울리는가?
- 제목과 내용 사이에 일관성이 있는가?

제가 작업했던 '더 보이즈'라는 아이돌 그룹의 일본 정규 1집 수록곡 〈EINSTEIN(아인슈타인)〉을 예로 들어 설명해 볼게요. 처음에 곡을 의뢰받으면 먼저 이 노래를 부를 아티스트에 관한 기본적인 정보부터 파악해야 합니다. 더 보이즈는 크래커엔터테인먼트 소속으로 2017년에 데뷔해 지금까지 인지도를 꾸준히 쌓아 올리며 성장하고 있는 보이 그룹이에요. 특히 Mnet에서 방송됐던 〈로드 투 킹덤〉과 〈킹덤: 레전더리 워〉라는 경연 프로그램에서 각각 1위와 2위라는 높은 성적을 거두며 인기가 급상승했죠. 그런 활약에 힘입어 지난 3월 일본에서 첫 정규 앨범을 발매하게 됐고, 제가 수록곡 가운데 한 곡의 작사 작업에 참여한 거예요.

일본인 작곡가와 프로듀서를 통해 이 곡을 의뢰받았을 때 주문 사항은 실존 인물인 아인슈타인의 특징을 가사에 잘 녹여 달라는 거였어요. 노래의 제목과 콘셉트를 작사가가 정할 때도 있지만 이렇게 미리 정해져 있는 경우도 꽤 많아요. 저는 과연 아인슈타인의 어떤 점을 더 보이즈의 가사에 적용할지 고민이 됐어요. 그래서 본격적으로 가사를 쓰기 전에 아인슈타인이 어떤 사람인지 기본 정보부터 찾아봤어요. 인류의 역사를 바꾼 20세기 최고의 과학자로 잘 알려진 알베르트 아인슈타인Albert Einstein 은 1879년 독일에서 태어난 이론 물리학자예요. 타고난 천재는 아니었지만 사물에 대한 호기심과 상상력 넘치는 발상으로 엄청난 연구 성과와 혁신적인 발견을 이뤄 냈어요. 특히 그가 발표한 일반 상대성 이론은 현대 물리학에 지대한 영향을 미쳤죠. 1921년에는 그동안의 연구 업적을 인정받아 노벨 물리학상을 수상했고, 1955년에 세상을 떠났어요.

이처럼 아인슈타인의 기본적인 정보만 갖고도 충분히 가사를 쓸 수 있어요. 일반인들이 잘 알지 못하는 내용까지 가사에 녹이려다 보면 오히려 난해해질 수 있어요. 앞서 살펴본 기본 정보를 통해 우리는 아인슈타인이 언제나 남들보다 한발 앞서 새로운 세계를 열어 갔으며, 틀을 깨는 창의성으로 인류의 삶을 진화시킨 독보적인 존재였다는 사실을 알 수 있어요. 그럼 아인슈타인의 이 같은 특성을 노래 가사에 어떻게 적용할 수 있을까요?

TIP 2. 더 보이즈와 아인슈타인의 관계성

이제 아인슈타인이라는 캐릭터와 더 보이즈를 연결 지을 차례인데, 얼핏 생각해 보면 둘 사이에 이렇다 할 공통점이 잘 떠오르지 않습니다. 하지만 이런 난감한 상황에서도 어떻게든 연결 고리를 만들어 내는 것이 작사가의 중요한 역할이에요. 서로 다른 둘 사이에서 공통분모를 찾아낸 뒤에 이를 얼마나 자연스럽게 연결해 가사로 녹일 수 있느냐, 이것이 곡의 질을 좌우한다고 해도 과언이 아니거든요. 앞서 더 보이즈는 〈로드 투 킹덤〉에 출연해 매회 압도적인 퍼포먼스와 독특하고 창의적인 안무 및 무대 연출을 선보여 좋은 성적을 기록했어요. 특유의 신선하고 파격적인 시도로 갈수록 기대감을 더하며 자신들의 입지를 확고히 다졌죠. 그런 점들을 인정받아 다른 아이돌 그룹들과의 치열한 경쟁 속에서 1위를 거머쥘 수 있었어요.

더 보이즈가 무대에서 보여 줬던 새롭고 창의적인 시도를, 틀을 깨는 생각으로 시대를 앞서간 아인슈타인의 이미지와 연결해 가사를 완성할 수 있었어요. 가사를 찾아보면 이러한 관계성이 녹아 있는 부분들을 어렵지 않게 발견할 수 있을 거예요.

이와 관련해 가사를 쓸 때 중요한 포인트 한 가지는 제목과 내용이 서로 밀접하게 연결돼야 한다는 점입니다. 이는 일반적인 글쓰기에서도 마찬가지예요. 제목은 앞으로 이어질 내용을 대표하는 간판 역할이므로, 제목과 내용이 따로 놀면 곤란합니다. 예를 들어 아인슈타인에 대해 이야기하다가 갑자기 전혀 상관없는 인물들의 이미지가 떠오르는 가사가 섞이면 안 되겠죠. 아인슈타인이라는 제목으로 이야기를 시작했다면 끝까지 그와 관련된 내용만 서술해야 합니다. 한 곡은 대체로 3~4분이라는 짧은 시간 안에 승부를 봐야 하는데, 가사 안에서 서로 다른 이미지나 내용이 충돌하면 이 곡을 소비하는 대중에게 혼란을 줄 수도 있으니까요.

지금까지 실제로 제가 작업했던 곡을 예로 들어, 가사를 쓰는 과정에서 중요하게 고려해야 할 부분들에 대해 짚어 봤어요. 작사가 생각보다 꽤 복잡하다고 느낀 친구들도 있을 테고, 더 흥미를 갖게 된 친구들도 있을 것 같아요. 앞으로는 아이돌 그룹의 무대를 보거나 노래를 들을 때 가사를 그냥 흘려듣지 말고, '저 가사도 이런 세밀한 과정을 통해 만들어졌겠구나' 하고 주의 깊게 들여다보는 건 어떨까요? 작사가가 꿈이거나 작사에 관심이 많은 친구들이 점점 늘어나는 추세인데, 두 번에 걸쳐 살펴본 작사 관련 이야기들이 꿈을 키워 가는 데 도움이 됐으면 좋겠네요.

1 만약 캐릭터로 가사를 쓴다면 어떤 내용으로 쓰고 싶나요? 그리고 그 노래를 불러 줬으면 하는 아티스트는 누구인가요? 예시를 참고해 가사 계획을 세워 봅시다.

> 예시 **캐릭터**
> 스파이더맨
>
> **희망 아티스트**
> 강다니엘
>
> **아티스트와 스파이더맨 사이의 상관관계**
> - 스파이더맨처럼 언제나 말없이 나를 멀리서 지켜 줄 것 같은 이미지
> - 스파이더맨처럼 내 마음을 거미줄 끈적이로 쭉쭉 끌어당김
> - 스파이더맨일 때랑 일반 시민일 때의 설레는 갭(차이) 같은, 〈나 혼자 산다〉에서 엿보았던 일상의 강다니엘과 무대 위의 강다니엘의 설레는 갭(차이)
> - 무대에서 춤출 때의 제스처가 스파이더맨처럼 멋지고 날쌤
>
> **가사의 스토리 메모**
> 첫인상은 평범해서 크게 눈에 안 띄었는데
> 멀리서 자꾸 나를 끌어당기는 묘한 시선 이건 뭘까 재빠르다
> 언제나 필요할 때 뒤를 돌아보면 말없이 거기 있는 너
> 평소에는 참 순하고 차분한데 누가 내 털끝 하나라도 건드리면
> 갑자기 무섭게 돌변하는 너
> 그러지 말라고 널 말렸지만 내심 기분 좋았어
> 너한테 이런 면이 있는 줄 전혀 몰랐네 설렌다 이 갭(차이)

늦잠 잤다고 종종 약속에 늦긴 하지만

행동이 조금 느려서 답답할 때도 있지만

같이 거릴 걷다 내가 누군가와 부딪히기 직전이나

차가 오는 것도 모르고 길을 건너려고 할 때

재빠르게 나를 잡아채서 늘 위기에서 구해 주는 너

그럴 때는 참 빠르단 말이야

알다가도 가끔 모르겠다 너란 애

헤어날 수 없게 빠져든다 너에게

→ 캐릭터:

희망 아티스트:

정리해 봅시다

1 다음 사설을 읽고 서론, 본론, 결론으로 나눈 후 내용을 요약해 보고, 가장 핵심이 되는 문장을 찾아 써 봅시다.

K-POP의 높아진 위상만큼이나
저작권 보호 시스템과 인식도 세계 최고가 되어 주길

안영주, 한국저작권보호원 기고 글

전 세계적으로 K-POP의 인기가 식을 줄 모르고 고공행진 중이다. 세계 대중음악 시장의 현재 인기 척도를 반영하는 빌보드 차트 점령은 영미 문화권을 기반으로 음악 활동을 하는 뮤지션들의 전유물로 여겨졌다. 하지만 어느 순간부터 우리나라 젊은 아티스트들의 음악이 빌보드 차트 상위권에 랭크되는 것이 더 이상 낯설지 않게 되었다.

빅히트 소속 방탄소년단은 2020년 8월에 〈Dynamite〉를 발표해서 한국 가수로는 최초로 빌보드 핫 100 차트에서 2주 연속 1위를 했고, 2주 연속 2위 후에 다시 정상을 탈환했다. 방탄소년단의 인기와 매출을 기반으로 주식시장에 상장된 빅히트의 주식은 현재 세계 투자자들의 뜨거운 관심사 중의 하나이다.

또한 10월에 발매된 YG 소속 블랙핑크의 정규 1집 〈더 앨범〉은 음원이 공개된 후 미국을 비롯한 57개국 아이튠즈 앨범 차트 1위에 오름과 동시에 미국 애플뮤직 앨범 차트에서도 7위를 차지했다.

엑소의 카이, 백현, 샤이니의 태민, NCT의 태용, 마크, 루카스, 텐 등으로 구성된 SM의 어벤져스 그룹인 슈퍼엠이 지난 9월, 데뷔 1년 만에 선보인 정규앨범 〈슈퍼 원〉도 빌보드 200에서 2위를 차지하는 쾌거를 이루어 냈다. 슈퍼엠은 작년 10월 발매한 데뷔 미니앨범 〈슈퍼엠〉으로 이미 앨범 차트 빌보드 200에서 1위를 거머쥔 적이 있다.

위와 같이 세계 음악 시장에서 K-POP의 위상과 영향력은 매번 신기록을 경신해 가며 한계 없는 성장 중이다.

그렇다면 K-POP에서 작사가의 역할은 무엇일까? 한 곡의 노래가 만들어지기 위해서는 우선 멜로디가 필요하다. 멜로디를 만드는 작업은 보통 작곡가들에 의해 이루어진다. 요즘은 가수가 직접 작곡을 하는 경우도 있지만 작사가에게 의뢰되어 오는 곡들은 대개 전문 작곡가들이 작업한 경우가 많다. 노랫말이 붙여지기 전의 멜로디를 전문용어로 '데모'라고 부른다. 그리고 여기에 작사 작업을 하기 용이하게 허밍이라든지 영어나 일어 등으로 임시 가사를 붙이기도 하는데, 이를 '가이드' 혹은 '가이드 음원'이라고 부른다.

작곡이 완성되면 그다음부터는 작사가의 역할이 시작된다. 작사의 사전적 의미는 '노랫말을 지음'이다. 입체적으로 설명을 하자면, 멜로디가 살아 있는 인물의 캐릭터라고 가정을 한다면 작사는 그 캐릭터에 어울리는 옷과 패션 아이템을 코디해서 멜로디가 가장 돋보일 수 있게 스타일링을 해 주는 작업이다. 단아하고 수수한 느낌의 여성에겐 베이지색 리넨 원피스와 흰색 스니커즈가, 연말 파티에 가는 남성에겐 화려한 코르사주 장식의 턱시도가 어울리듯, 멜로디가 가지고 있는 감성과 특징에 어울리는 단어들을 옷처럼 조화롭게 입혀 주는 것이 작사가의 역할이다. 한마디로 멜로디 코디네이션이 작사가의 일이다. 작곡가와 작사가의 저작료 수입 분배 비율은 50 : 50으로 동등하다. 이는 작사도 작곡만큼이나 노래 한 곡을 만드는 데 중요한 역할을 하기 때문이라 생각한다.

가끔 주변 지인들로부터 작사가 작곡보다 훨씬 쉬울 것 같아서 도전해 보고 싶다는 말을 들을 때가 있다. 물론 작사는 아무나 할 수 있다. 내가 오늘 쓴 일기도, 친구와 나눈 대화도 충분히 가사로 만들어 부를 수 있다. 그 가사의 목적이 대중음악 시장에서 소비되는 것이 아니라면 말이다. 하지만 국내 음원 차트에도 오르고 세계 음악 시장도 점령해야 하는 가사를 쓰는 것이라면 얘기가 완전히 달라진다.

전문 작사가의 가사는 철저히 상업적 상품 가치를 가지고 있어야 한다. 그렇지 못한 가사는 채택되지 못하고 외면당할 수밖에 없기 때문이다. 필자처럼 작사 퍼블리싱 회사에 소속되어 전문적으로 작사를 하는 사람들에게 가사라는 것은 의뢰해 준 고객에게 선택되어야 하는 맞춤형 한정판 명품 같은 상품이다. 내 감정에 젖어 마음 가는 대로 끄적거리는 보기 좋은 글귀가 아니다.

작곡가들도 얼마든지 작사를 할 수 있는데 굳이 작사가에게 공들여 만든 데모를 맡기는 이유는 니즈에 맞는, 방향성을 잡아 주는, 퀄리티 높은 가사를 써 줄 것이라는 믿음과 확신이 있기 때문이다. 작사가의 고객인 작곡가와 엔터테인먼트 회사는 작사가에게 원하는 것이 분명하다. 앨범 콘셉트를 잘 살린, 아티스트가 돋보일 수 있는, 대중의 사랑을 받을 수 있는 가사를 원한다.

작곡가들이 이 '데모'를 작사가들이 소속되어 있는 여러 퍼블리싱 회사에 보내 작업 의뢰를 하면 다수의 작사가들이 한 곡의 데모를 가지고 불가피하게 경쟁을 벌이게 된다. 보통 톱 뮤지션이나 톱 아이돌 그룹의 곡들은 그 경쟁률이 100 : 1을 훌쩍 넘길 정도로 경쟁은 치열하다.

그럼에도 한 곡의 가사를 완성하기 위해 주어지는 시간은 결코 길지 않다. 짧으면 하루 이틀, 길면 일주일이다. 그 기한 내로 의뢰인의 입맛에 맞고 퀄리티 좋은 가사를 써낼 수 있어야 이 필드에서 살아남을 수 있는 것이다. 이 치열한 경쟁 속에서 내 이름을 달고 한 곡이 나온다는 것은 어쩌면 기적에 가까울 정도로 어려운 일이다. 필자 역시 데뷔한 지 4, 5년이 되었고 그동안 나름의 필모그래피를 쌓았지만 아직도 내 이름을 달고 곡이 나오는 것이 한없이 감사하고 신기하다.

필자의 경우, 소속사를 통해 의뢰받은 곡 중에서 1차 컨펌을 통과하고 부분 수정 의뢰를 받은 곡이 있다면 고작 몇 글자를 다시 고치기 위해 기꺼이 밤을 샌다. 수백 개의 작품들 중에 내 가사가 1차 컨펌을 통과하는 것도 하늘의 별따기만큼 어려운 일이기 때문에 소중한 기회를 놓치지 않기 위해서 한 줄의 가사를 고치는 데 백 개에 가까운 수정 시안을 만든다. 이런 엄청난 노력을 기울이지 않으면 보통은 살아남기 힘들다는 것을 알기 때문이다.

필자가 대중음악 시장 안에서의 작사가의 역할과 작업의 과정을 이토록 상세하게 설명하는 이유는 한 줄, 한 곡의 가사를 완성하기 위해, K-POP 아티스트의 앨범에 이름을 올리기 위해 얼마나 많은 작사가들이 보이지 않는 곳에서 수년간의 시간과 노력을 들여 치열하게 작업하고 있는지 알리고 싶어서이다.

예전에 TV 프로그램에서 어떤 아티스트의 프랑스 유학 경험담을 들은 적이 있다. 문방구에 가서 강의에 필요한 악보를 복사하려는데 문방구 주인이 저작자의 허락 없이 악보를 복사하는 건 저작권을 침해하는 행위라며 복사를 거부했다고 한다. 한국이었다면 어땠을까? 아마 어느 문방구를 가도 아무 문제 없이 100장이라도 복사를 해 줬을 것이다.

길을 걷다가 우연히 들어간 옷 가게나 카페, 마트에서 내가 쓴 가사의 노래가 나오거나 우리 작사 팀에서 작업한 노래가 들리면 우연히 친구를 만난 듯 반갑다. 하지만 한편으로는 그 매장을 운영하시는 분들은 모두 필자가 저작권 관리를 의탁한 한국음악저작권협회를 통해 합당한 사용료를 지불하며 이 곡들을 사용하고 있는 것일까 가끔 의문이 들 때가 있다. 여러 매체를 통한 개인 방송이 더없이 활성화되고 있는 요즘 개인 방송 제작자들은 방송에 필요한 노래를 사용하면서 적절한 저작권 사용료를 빠짐없이 지불하고 있을까, 또한 그것을 감시, 관리하는 시스템은 한 치의 오차 없이 잘 운영되고 있는 것일까 하는 의심이 들 때가 있다. 앞서 설명했던 치열한 과정 속에서 내 머리 아파 낳은 자식과 같은 창작물의 무단 사용에 대한 법적 제재나 관리가 선진국에 비해 허술한 점이 있는 것 같아 아쉬움을 느끼곤 한다.

필자가 출판한 작사 법에 관한 책 『그니까 작사가 뭐냐면』을 집필하는 데 두 곡의 팝송 가사가 필요해서 출판사를 통해 한국음악저작권협회에 사용 승인을 받으려고 시도한 적이 있었다. 결론부터 말하자면 사용 승인을 받는 데 실패해 결국 팝송 가사는 책에 실리지 못했다. 이유는 저작권 사용 승인이 매우 까다로웠기 때문이다. 미국 아티스트들의 가사는 그 팝송을 부르고 제작한 창작자들에게 직접 사용 허락을 받아야 한다는 말에 시간과 비용의 한계로 포기할 수밖에 없었다.

다양하고 알찬 콘텐츠의 책을 만들고 싶었던 필자의 입장에서는 당연히 아쉬운 일이 아닐 수 없었지만 한편으로는 미국의 까다로운 저작권법의 보호 안에서 창작 활동을 하는 아티스트들이 부러웠다. 법이 워낙 세밀하고, 침해했을 시 배상이나 소송 비용도 많이 들기 때문에 섣불리 타인이 저작권을 함부로 침해할 수 없도록 만들어진 선진 시스템을 간접적으로나마 경험하고 나서 생각이 많아진 것이 사실이다.

전문가들은 국내 음원 가격이 다른 나라에 비해 현저히 낮다고 주장해 왔다. 정액제 스트리밍으로 인해 음원 수익의 분배가 공정하지 않다는 목소리도 끊임없이 나오고 있다. 창작자들에 비해 유통업자들의 수익 분배율이 지나치게 높다는 의견도 수년 전부터 제기되어 왔다.

하지만 창작자의 입장에서 보면 K-POP의 위상이 드높아진 것에 비해 저작권 보호 인식이라든지 창작자들의 처우 개선에 대한 현재까지의 상황은 피부에 와 닿게 달라진 것은 없는 것 같다.

방탄소년단, 블랙핑크, 슈퍼엠 등의 아티스트들이 세계 음악 시장에서 인정받고 빌보드 차트 상위권에 오르는 것은 너무나 감격스럽고 축하할 일이 분명하다. 하지만 아티스트와 창작자가 함께 이루어 낸 눈부신 성장의 혜택을 자신의 성공과 경사처럼 누리고 있는 K-POP 창작자들은 극소수에 불과한 듯하다.

여러 가지 이해관계와 입장들이 얽혀 있어 이런 문제들이 하루아침에 해결될 수는 없겠지만 내로라하는 K-POP 아티스트 보유국의 품위에 걸맞은 저작권 보호 시스템과 인식이 제대로 갖춰져 음악의 가치가 회복되고 모든 창작자들이 상식적인 수준의 저작권료를 보장받는 환경에서 마음껏 작업할 수 있는 그날이 속히 와 주길 기대하며 기다려 본다.

→ 서론

_____

_____

_____

_____

_____

주제

_____

요약

_____

_____

_____

_____

_____

정리해 봅시다

본론 ①

_____

_____

_____

_____

주제

_____

요약

_____

_____

_____

본론 ②

_____

_____

_____

주제

_____

요약

_____

_____

오늘부터 나도 글잘러

결론

_____

_____

_____

_____

주제

_____

요약

_____

_____

핵심 문장

_____

_____

_____

_____

_____

_____

_____

4장

글잘러로 거듭나기 :

제목 짓기 😃
💬 필사하기

뺄 건 빼고 채울 건 채우고

혹시 '홈트'라고 들어 봤나요? 홈트란 '홈 트레이닝'의 줄임 말이에요. 집 안에서 맨몸으로, 혹은 간단한 운동 기구를 활용해 스스로 하는 운동을 뜻하죠. 코로나19로 인해 헬스장 같은 다중 이용 시설에 대한 부담이 커지면서, 집에서 안전하게 홈트를 즐기는 사람들이 많아졌어요. 집에서 보내는 시간이 늘어나면서 활동량이 줄어들어 몸에 살이 붙지 않았나요? 홈트를 꾸준히 하면 몸의 군살은 쭉쭉 빠지고 부족한 근육량은 채워질 수 있어요.

그런데 우리가 쓰는 글에도 마찬가지로 홈트가 필요합니다. 그게 무슨 말이냐고요? 학생들이 쓴 글을 첨삭하다 보면 단어나 문장이 중복되거나 불필요한 내용이 들어가 있기도 하고, 부연 설명이 부족해 주제가 명확히 전달되지 않기도 합니다.

이는 글의 완성도를 떨어뜨리는 대표적인 문제점들로, 글을 쓴 후에는 다시 한번 찬찬히 읽어 보면서 필요 없는 부분은 빼고 부족한 내용은 적절히 채우는 과정을 스스로 꼭 거쳐야 합니다. 마치 홈트를 하듯이요!

아직 다듬어지지 않은 상태의 원고를 '초고'라고 합니다. 이는 처음 글을 쭉 써 내려간 직후의 원고죠. 이 초고는 절대로 완성본이 아니에요. 우리가 읽는 책이나 신문 기사뿐 아니라 지금 보고 있는 이 글도 초고에서 수정이라는 홈트를 반복해서 나온 결과물이에요. 독자가 최대한 읽기 편하고 이해하기 쉽도록 고치고 다듬는 '퇴고'의 과정을 거쳐 탄생한 완성본이죠. 그럼 지금부터 어떤 경우에 글에서 홉트가 필요한지 같이 알아봐요.

TIP 1. 군살을 빼야 하는 경우

① 불필요한 단어의 중복 사용

글에서 불필요한 단어가 반복적으로 등장하는 대표적인 사례로 인칭 대명사(사람을 가리키는 대명사로, 나, 너, 우리 등이 해당됨)의 중복 사용을 들 수 있어요. 아래 예문을 같이 볼게요.

나는 오늘 아침 침대에서 겨우 몸을 일으켜 세수를 했다. 그리고 아침밥을 대충 삼키고 구겨진 교복을 챙겨 입고 집을 나섰다. 우리 동네를 벗어날 때쯤 나는 핸드폰을 챙기지 않은 것이 번쩍 생각났다. 학교에 지각할까 봐 나는 전속력으로 다시 집으로 뛰어갔다. 내 핸드폰은 충전이 다 됐지만 나는 아침부터 방전된 기분이다.

이처럼, 많은 친구들이 글을 쓸 때 인칭 대명사를 여러 번 반복해서 사용하는 실수를 곧잘 하곤 합니다. 일기나 논설문 같은 글은 굳이 밝히지 않아도 화자가 '나'인 것을 독자가 이미 알고 있으므로, 문장마다 '나'라는 주어를 넣을 필요가 전혀 없어요.

이는 오히려 글을 읽는 데 방해가 되죠. 앞서 살펴본 예문에서도 '나'라는 인칭 대명사는 한 번 정도만 들어가면 충분합니다.

> 오늘 아침 침대에서 겨우 몸을 일으켜 세수를 했다. 그리고 아침밥을 대충 삼키고 구겨진 교복을 챙겨 입고 집을 나섰다. 우리 동네를 벗어날 때쯤 핸드폰을 챙기지 않은 것이 번쩍 생각났다. 학교에 지각할까 봐 전속력으로 다시 집으로 뛰어갔다. 핸드폰은 충전이 다 됐지만 나는 아침부터 방전된 기분이다.

② 너무 긴 문장

글을 읽는 데도 호흡이라는 게 있어요. 한 문장의 길이가 너무 길면 글의 호흡도 함께 길어져 독자가 글을 읽기 불편합니다. 적당한 호흡으로 읽을 수 있도록 문장을 구분해 줘야 독자가 부담 없이 한 번에 그 의미를 이해할 수 있어요. 아마 다들 책을 읽을 때 문장이 너무 긴 나머지, 바로 이해하지 못하고 여러 번 반복해서 읽은 경험이 꽤 있을 거예요. 아래 예문을 한번 볼까요?

> 중학교에 입학할 때 생각보다 준비해야 할 것들이 참 많은데 우선 필수적으로 예방접종을 마쳐야 하며 디프테리아, 파상풍, 백일해 그리고 일본 뇌염 등이 그것으로 특별한 경우가 아니라면 빠른 시일 내에 가까운 보건소나 병원에 가서 접종을 반드시 마쳐야 하고 알레르기 등

특이 사항이 있어 접종할 수 없다면 담임 선생님께 사유를 미리 알리는 것이 좋다.

어휴, 문장이 좀처럼 끝나질 않아 읽기만 해도 숨이 찰 정도죠? 이 긴 문장을 적절한 길이로 잘라 볼게요. 그럼 이해하기도 훨씬 수월해질 거예요.

중학교에 입학할 때 생각보다 준비해야 할 것들이 참 많다. 우선 필수적으로 예방접종을 마쳐야 한다. 그 종류에는 디프테리아, 파상풍, 백일해, 일본 뇌염 등이 있다. 특별한 경우가 아니라면 빠른 시일 내에 가까운 보건소나 병원에 가서 접종을 반드시 마쳐야 한다. 만약 알레르기 등 특이 사항이 있어 접종할 수 없다면 담임 선생님께 사유를 미리 알리는 것이 좋다.

TIP 2. 근육을 붙여야 하는 경우

학생들이 글을 쓸 때 흔히 하는 실수 중 또 한 가지는 충분한 설명을 덧붙이지 않아 독자가 명확히 이해하기 어렵게 하는 거예요. 머릿속에 있는 내용을 나 자신은 이미 알고 있지만, 이를 다른 사람들에게 글로 보여 줄 때는 내 생각이나 근거를 구체적으로 친절하게 풀어 줘야 해요. 예문을 한번 볼게요.

노펫존은 동물권을 침해하는 행위이다. 비인간동물도 사람과 동등한 대우를 받아야 한다. 식당이나 카페를 운영하는 주인의 입장에서도 노펫존은 장점보다 단점이 더 많다. 각종 여론 조사에서도 노펫존을 반대하는 입장이 적지 않은 것으로 나타났다. 따라서 노펫존은 마땅히 없어져야 한다고 생각한다.

이 글의 문제점은 무엇일까요? 바로 주장에 따른 근거를 충분하게 제시하고 있지 않다는 거예요. 노펫존이 무엇이고, 그것이 왜 동물권을 침해하는지, 식당이나 카페 주인에게는 어떤 장점과 단점이 있는지 등 설명을 추가해 줘야겠죠. 이때 적절한 사례를 곁들이면 내 생각이나 주장을 뒷받침할 수 있는 한편, 독자의 이해도 도울 수 있어요. 위의 예문에서 더 채워야 할 내용을 고민해 보고, 이번에는 직접 글을 수정해 보세요.

지금까지 글에서 불필요한 살을 빼고 필요한 근육을 붙이는 몇 가지 방법에 대해 살펴봤어요. 운동을 통해 균형 잡힌 몸을 만들 수 있듯, 글도 적절히 매만지면 보다 읽기 좋은 형태로 새롭게 탄생시킬 수 있습니다. 이 내용을 꼭 기억하고 있다가 앞으로 글을 쓸 때 참고해 보세요!

1 아래의 글에 부분적으로 살을 붙이거나 빼서 논리적인 근거가 확실한 주
장이 담긴 제안서를 완성해 봅시다.

〈학교 온라인 교과 수업 녹화 제안서〉

서론

저는 중학교 2학년에 재학 중인 학생입니다. 지난달 학교에서 코로
나 확진자가 세 명이나 나와서 갑작스럽게 오프라인 수업이 중단되
고 전교생이 하교를 하고 코로나 검사를 받으러 가야 하는 안타깝고
불안한 상황이 계속되고 있습니다. 확진자 발생은 누구도 미리 예측
할 수가 없기 때문에 이럴 때마다 수업이 자주 취소되곤 합니다.

본론

조금만 있으면 중간고사인데 아직 중간고사 범위에 해당되는 진도
를 다 나가지 못했습니다. 빠르게 진도를 나가면 대충 마무리는 되
겠지만 모르는 부분을 선생님께 질문해서 충분히 해결하고 넘어갈
수 있는 시간적인 여유는 없어 보입니다. 그동안 코로나 때문에 취
소된 수업의 피해가 고스란히 학생들에게 전가되고 있는 상황입니
다. 그렇다고 따로 시간을 내서 보충 수업을 들을 수 있는 상황도 아
닙니다. 그래서 전 미처 나가지 못한 교과 진도를 선생님들이 온라
인 강의처럼 녹화해서 올려 주시면 필요한 학생들이 그것을 찾아 듣
는 방식으로 이 문제가 해결되었으면 좋겠습니다. 학생들이 시험 범
위에 해당되는 부분에 관한 질문을 게시판에 남기고 교과 선생님이
답을 달아 주신다면, 코로나로 손실된 학습권이 어느 정도는 보상될
수 있다고 생각합니다.

결론

이런 시도는 처음이라서 번거롭고 새로 만들어야 할 규칙들도 많을 것이라고 생각합니다. 하지만 학생들의 안정적인 수업권을 위해 좋은 방안이라고 판단되는 만큼 부디 깊이 고민해 주시길 바랍니다.

→ 붙일 내용

_____
_____
_____

→ 뺄 내용

_____
_____
_____

→ 퇴고를 마친 제안서

_____
_____
_____
_____
_____
_____
_____
_____

11

마음을 낚는
제목 짓기 꿀팁

글의 시작이자 첫인상, 제목

"시작이 반이다."라는 말, 다들 들어 봤죠? 무슨 일이든 시작만 해도 이미 반은 완성한 것이나 다름없다는 뜻의 속담이에요. 하지만 무작정 시작만 한다고 과연 모든 일이 잘될까요? 좋은 시작이 있어야 좋은 끝도 있겠죠? 글쓰기에서 시작은 무엇일까요? 바로 '제목'이에요. 제목은 글의 시작이자 첫인상이에요. 사람의 첫인상은 3초 안에 판가름된다고 하죠. 글도 마찬가지예요. 책의 제목이 재밌고 독특하면 나도 모르게 손이 가고 눈길이 가서 한 번쯤 읽어 보고 싶었던 경험, 다들 있을 거예요. 그만큼 제목은 글에서 아주 중요한 역할을 맡고 있어요. 오늘은 독자의 마음을 낚고, 내 글을 빛내 주는 좋은 제목 짓는 방법에 대해 이야기해 보려고 해요.

TIP 1. 체험 학습 보고서 쓸 때

요즘은 안타깝게도 코로나19 때문에 여행을 자유롭게 못 가는 상황이지만, 그 전에는 학교 숙제로 여행을 다녀와서 체험 학습 보고서를 써 본 경험이 있을 거예요. 엄마 아빠 따라 관광지 몇 군데와 맛집만 다녀서 보고서에 쓸 만한 건 별로 없는데 어쩌나 하고 난감했던 적 다들 있죠? 그럴 때는 스트레스 받지 말고 그 한두 군데를 잘 살려서 보고서에 담으면 돼요.

예를 들어 뉴욕현대미술관(MoMA)을 둘러보고 와서 체험 학습 보고서를 쓴다고 가정해 볼게요. 제목을 그냥 밋밋하게 '뉴욕에 다녀와서'라고 하기보다는 '현대 미술이 살아 움직이는 뉴욕'이라고 하면 훨씬 생동감 있게 느껴지겠죠? 실제로 뉴욕에 가면 형형색색의 독특한 그라피티가 그려진 벽화들도 많이 볼 수 있으니, 뉴욕의 특징을 잘 표현해 낸 제목이기도 해요.

만약 경주로 가족 여행을 다녀온 뒤에 쓰는 체험 학습 보고서라면 역시 '경주에 다녀와서'보다는 '신라의 숨결이 불어오는 경주'라고 제목을 짓는 편이 여행의 목적을 훨씬 잘 드러낸다는 점에서 좋은 선택이라고 할 수 있어요. 경주 여행을 하다 보면 불국사나 첨성대 등 신라 시대의 유적지를 한두 곳쯤은 방문하기 마련이니까요.

체험 학습 보고서의 제목을 잘 짓는 키포인트는 이처럼 여행의 목적이나 여행지의 특징이 제목에 고스란히 드러나게 하는 거예요. 지금부터 가고 싶은 여행지를 적어 보고, 지금 배운 내용을 응용해 제목도 미리 붙여 보세요. 저는 음… '내 심장이 훌라 춤을 추는 하와이!'

TIP 2. 독후감 쓸 때

독후감을 쓸 때 '○○○을 읽고'처럼 성의 없어 보이는 제목
도 없을 거예요. 특히 대회용 독후감이라면 이런 제목은 더더욱
피해야 해요. 첫 시작부터 지루하게 느껴지니까요. 독후감만 읽
어도 그 책을 당장 사러 가고 싶을 정도로 매력적인 제목을 붙이
려면 어떻게 해야 할까요?

예를 들어 『빨간 머리 앤』을 읽고 독후감을 쓴다고 해 볼게
요. 독후감 제목을 잘 짓는 첫 번째 방법은 주인공의 이름을 효
과적으로 이용하는 거예요. 예를 들면 '빨간 머리 앤에게 들려주
고 싶은 비밀 이야기'처럼요. 책에 푹 빠져 있다 보면 마치 주인
공과 단짝 친구가 된 것 같은 느낌이 들 때가 있게 마련인데, 빨
간 머리 앤에게만 하고 싶은 말을 편지 형식으로 쓴다면 정말 잘
어울리는 제목이 되겠죠? 이처럼 잘 지은 제목은 때로 좋은 구
성을 만들어 내기도 해요.

두 번째는 요즘의 트렌드를 제목에 차용해 써 보는 거예요.
트렌디한 것들을 적절히 활용하면 독자의 시선을 끄는 신선한
제목을 만들 수 있어요. 빨간 머리 앤의 쾌활하고 밝은 캐릭터에
대해 쓴 독후감이라면, 요즘 유행하는 MBTI 성격 유형 검사를
활용해 보는 건 어떨까요? '만약에 빨간 머리 앤이 MBTI 검사를
받는다면?'이라고 제목을 붙이면 적절히 트렌디해 보이면서도

호기심을 자극하는 좋은 제목이 될 수 있어요. 제목을 짓다 보니 과연 빨간 머리 앤은 어떤 유형으로 나올지 벌써부터 테스트 결과가 궁금해지네요.

TIP 3. 일기 쓸 때

일기는 우리가 가장 많이 쓰고 제일 편하게 접근하는 글의 형태예요. 무언가 억지로 만들어 낼 필요 없이 그저 내 마음속에 있는 말을 솔직하게 글로 옮기면 되니까요. 꼭 방학 숙제가 아니더라도 예쁜 다이어리에 매일 짧게라도 일기를 쓰는 친구들 많죠? 사소해 보여도 이런 것들이 하루하루 차곡차곡 모이면 나만의 근사한 에세이 한 권이 탄생하는 거예요.

그렇다면 일기의 제목은 어떻게 지어야 효과적일까요? 친구랑 도서관에 가서 공부한 일과를 일기에 담는다고 해 볼게요. 저라면 제목을 '타닥타닥 서걱서걱'이라고 지을 것 같아요. 이게 무슨 뜻이냐고요? 각자 상상력을 동원해 잠시 추측해 보세요. 바로 컴퓨터 키보드 치는 소리, 책에 연필로 글씨 쓰는 소리를 표현한 거예요. 도서관에서 많이 들을 수 있는 의성어를 이용한 재미있는 제목이죠. 아니면 '9 am~9 pm'이라고 짓는 것도 좋을 것 같아요. 도서관은 문 여는 시간에 들어가서 문 닫을 때 나오는 게 '국룰'이잖아요? 하루 종일 도서관에서 열심히 공부한 나를 칭찬하거나 위로해 주는 내용의 일기를 쓴 뒤, 이처럼 숫자를 이용해 호기심을 불러일으키는 독특한 제목을 붙여 보는 거예요. 밋밋한 제목들보다 확실히 더 특별하고 매력 있게 느껴지죠?

지금까지 살펴본 것과 같이 제목이 가지고 있는 힘은 생각보다 커요. 같은 내용의 글이라도 제목을 어떻게 짓느냐에 따라 이미지가 확 달라 보일 수 있습니다. 마치 우리의 이름처럼 말이에요. 같은 사람인데도 이름에 따라 인상이 확 달라 보이기도 하잖아요? 우리의 부모님이 우리를 사랑하는 마음을 가득 담아 숱한 고민 끝에 지어 주신 예쁜 이름처럼, 우리가 공들여 쓴 글들에 좋은 제목을 지어 주는 연습을 꾸준히 해 보길 바랍니다. 사소하게만 보였던 글들이 더욱 반짝반짝 빛나 보일 거예요.

1 이 책의 제목은 『오늘부터 나도 글잘러』입니다. 이 책을 쭉 읽어 본 뒤에 이것보다 더 좋은 제목을 생각해 보고 그 이유를 적어 봅시다.

> **예시** 제목: 글쓰기랑 오늘부터 1일
> 이유: 한 장 한 장 미션을 수행할 때마다 글쓰기랑 더 친해질 것 같다.
>
> 제목: 책을 찢고 나온 글쓰기
> 이유: 평범한 논술 책의 틀을 벗어난 생활 밀착형, 새로운 형식의 글쓰기 연습 책이기 때문이다.

➜ 제목:

이유:

제목:

이유:

제목:

이유:

2 다음 사진을 SNS에 올린다고 가정하고 어울릴 만한 제목을 넣어 봅시다.

♡ ▽ ⋯ 🔖

🖼️🖼️🖼️ jihak님 외 여러 명이 좋아합니다

글잘러 예시 케이크처럼 달콤하게 녹는 시간

제목:

12

필사적으로 필사하기

필사, 그게 뭐냐면

제가 작사가로서 보람을 느끼는 순간은 멋진 K-POP 가수들이 제가 쓴 가사를 훌륭하게 소화해서 불러 줄 때예요. 하지만 그에 못지않게 뿌듯한 순간이 또 있습니다. 바로 가수의 팬들이 제 가사를 예쁘게 옮겨 적어 SNS나 개인 블로그에 올려 줄 때죠. 그중에는 가사 전체를 다 써서 올리는 분이 있는가 하면, 특별히 더 마음에 드는 구절만 옮겨 적는 분도 있어요. 그걸 보면서 '팬들은 이런 느낌의 가사에 더욱 공감하는구나' 하고 새롭게 알게 되기도 하죠. 이처럼 다른 사람의 글을 베껴 쓰는 것을 '필사'라고 해요. 책 속 문장들을 한 글자씩 따라 쓰는, 눈이 아닌 손으로 하는 독서라고 할 수 있죠.

잘하고 싶은 게 생겼을 때, 맨 처음 어떤 방법으로 배우기 시작하나요? 예를 들어 내가 좋아하는 아이돌 그룹의 춤을 멋지게 추고 싶다면요? 그 가수의 춤 영상을 유튜브에서 찾아 수없이 돌려 보며 똑같이 따라 하다 보면 점차 동작에 익숙해질 거예요. 그 과정을 반복하다 보면 춤을 자연스레 따라 출 수 있게 되겠죠. 요즘은 일반인이 올린 안무 커버 영상 등을 어렵지 않게 찾아볼 수 있는데, 그들 또한 처음에는 해당 가수의 춤 동작을 따라 하는 것부터 시작했을 거예요.

요리의 경우는 어때요? 요리 초보자라고 해도 전문가의 조리 과정을 최대한 똑같이 따라 하며 재료를 손질하고 양념을 버무리다 보면, 처음 몇 번은 실패할 수 있지만 어느새 제법 근사한 요리를 만들어 낼 수 있어요.

그렇다면 우리의 미션인 글쓰기는 어떨까요? 글쓰기 역시 마찬가지예요. 글을 잘 쓰고 싶다면 내가 좋아하는 글, 혹은 닮고 싶은 작가의 글을 꾸준히 따라 써 보는 일이 아주 좋은 연습 방법이 될 수 있어요. 잘 쓴 글을 찬찬히 반복해서 읽으며 필사하다 보면 그 글이 지닌 장점과 특유의 문체, 분위기 등을 자연스럽게 체득하게 되죠. 그저 눈으로만 글을 읽는 것보다 글쓰기 실력을 향상시키는 데 훨씬 효과적이라 학생들에게 필사를 권하곤 해요.

TIP 1. 필사는 어떻게 해야 할까?

필사를 해야겠다고 마음먹었는데 어떻게 시작해야 할지 막막하다고요? 필사하는 방법에 완벽한 정답이 있는 건 아니지만 저만의 꿀팁을 한번 공유해 볼게요.

1. 필사하고 싶은 책이나 글을 고른다.
2. 쓰기 전에 두 번 이상 반복해서 읽으며 글의 구조와 내용을 완벽히 파악한다.

3. 처음부터 끝까지 전체를 한 번 쭉 필사한다.

4. 다시 한번 글을 읽는다.

5. 특히 더 좋았던 부분에 밑줄을 긋는다.

6. 밑줄 그은 부분만 다시 필사한다.

7. 필사한 부분만 따로 또 읽는다.

상당한 시간과 노력이 드는 방법이긴 해도 글을 잘 쓰고 싶다면 이런 방식으로 한번 연습해 보세요. 매일 꾸준히 하면 가장 좋겠지만, 부담이 된다면 요일이나 시간을 정해 일주일에 짧은 글 한 편씩이라도 계속 필사하다 보면 문장력이 점점 향상되는 것을 느낄 수 있을 거예요.

TIP 2. 필사할 작품 고르기

① 논술을 잘하고 싶다면

우리가 가장 쉽게 접할 수 있는 좋은 논술의 예시는 바로 신문 사설이에요. 어떤 주제에 대해 논설문을 써야 할 때는 우선 그와 비슷한 주제를 다룬 신문 사설이 있는지 찾아보고 이를 참고하면 도움이 되겠죠. 실제 신문 사설은 아니지만, 제가 음악 저작권 문제에 대해 잡지에 기고한 글 중 일부를 예시로 들어 볼게요.

전문가들은 국내 음원 가격이 다른 나라에 비해 현저히 낮다고 주장해 왔다. 정액제 스트리밍으로 인해 음원 수익의 분배가 공정하지 않다는 목소리도 끊임없이 나오고 있다. 창작자들에 비해 유통업자들의 수익 분배율이 지나치게 높다는 의견도 수년 전부터 지속적으로 제기되어 왔다.

하지만 창작자의 입장에서 보면 K-POP의 위상이 드높아진 것에 비해 저작권 보호 인식이라든지 창작자들의 처우 개선에 대한 현재까지의 상황은 눈에 띄게, 피부에 와닿게 달라진 것은 없는 것 같다.

방탄소년단, 블랙핑크, 슈퍼엠 같은 아티스트들이 세계 음악 시장에서 인정받고 빌보드 차트 상위권에 오르는 것은 너무나 감격스럽고 축하할 일이 분명하다. 하지만 아티스트와 창작자가 함께 이루어 낸 눈부신 성장의 혜택을 나의 성공과 경사처럼 누리고 있는 K-POP 음악 창작자들은 극소수에 불과한 듯하다.

여러 가지 이해관계와 입장들이 얽혀 있어 이런 문제들이 하루아침에 해결될 수는 없겠지만 내로라하는 K-POP 아티스트 보유국의 품위에 걸맞은 저작권 보호 시스템과 인식이 제대로 갖춰져 음악의 가치가 회복되고 모든 창작자들이 상식적인 수준의 저작권료를 보장받는 환경에서 마음껏 작업할 수 있는 그날이 속히 와 주길 기대하며 기다려 본다.

위의 예문은 제가 쓴 초고에 수정을 거쳐 잡지사 편집장님의 최종 검토까지 마친 글이에요. 즉, 문장 구조나 문법, 맞춤법이 비교적 완벽하고 내용도 잘 정리되어 있다는 의미겠죠. 이런 식의 글을 읽고 따라 써 보면 논설문에 어울리는 표현, 나의 주장을 합리적으로 전개해 가는 방법 등을 자연스럽게 배울 수 있습니다.

② 감성적인 글을 잘 쓰고 싶다면

감성이 듬뿍 담긴 글로는 시나 소설, 에세이 등을 꼽을 수 있어요. 이번에는 제가 펴낸 책 『그니까 작사가 뭐냐면』의 문장으로 예시를 들어 볼게요.

마음에 와닿은 가사를 노트에 적고 또 적고 소리 없이 눈으로 읽어 보는 것, 그것이 소소하지만 작사라는 지도로 직접 걸어 들어가 점을 찍고 선을 그려 가는 나만의 방식이었다. 내가 그리고자 하는 지도는 거대한 세계지도가 아니다. 값비싼 금과 다이아몬드를 숨겨 둔 보물지도도 아니다. 그저 나만 알아볼 수 있으면, 나만 찾아갈 수 있으면 그만인 비밀 정원 안내도 같은 작은 지도다.

지도를 바라보는 것만으로도 행복한 사람이 있는가 하면 나처럼 지도 속으로 뛰어들어 뭔가를 그려 나가고 싶은 사람도 어딘가에 분명히 숨 쉬고 있을 것이다.

지도를 그려 가는 일은 생각처럼 낭만적이거나 여유롭지는 않다. 하루 종일 걸어도 사람 하나 풀 한 포기 만날 수 없는 모래사막만 이어지는 날도 있고 갑작스런 홍수에 손에 쥔 모든 것이 휩쓸려 버리는 순간도 있다. 물론 생각지도 못한 곳에서 따스한 봄볕과 오아시스를 만나는 행운도 가끔은 있다.

하지만 중요한 것은, 어떤 순간을 만날지라도 그것으로 울게 되든지, 웃게 되든지, 전진하게 되든지, 후진하게 되든지 걷는 것을 멈추지만 않는다면 오늘도 나는 쉼 없이 지도에 작은 점을 찍고 가느다란 선을 덧그려 가는 중이라는 사실이다. 그것만으로도 충분히 의미 있다고 생각한다면 과감히 지도 속으로 뛰어들어도 좋다.

꿈을 이뤄 가는 과정에서 느낀 감정들을 표현한 글이에요. '꿈을 향해 가는 과정은 생각보다 쉽지 않지만, 그 과정 자체만으로도 의미 있다고 느낀다면 도전해 봐도 좋다'라는 메시지를 지도나 사막, 오아시스 등 적절한 비유를 곁들여 전달해 봤어요. 이런 식으로 에세이를 필사하다 보면 내가 말하고자 하는 메시지를 비유를 통해 전하는 방법, 하나의 이미지를 확장하며 구체화해 가는 방법 등을 배울 수 있겠죠.

이번 시간에는 필사의 뜻부터 우리가 필사해야 하는 이유와 그 방법에 관해서까지 이야기해 봤어요. 앞으로는 어떤 책이나 글을 단순히 읽는 것으로 끝내지 말고, 닮고 싶은 문장이나 구절을 잘 체크해 뒀다가 직접 손으로 필사하는 연습을 해 보세요.

이렇게 노력하다 보면 어느새 '글잘러'로 점점 성장해 나가는 자신을 발견할 수 있을 거예요. 저도 옆에서 응원할게요!

연습해 봅시다

1 필사는 문장력을 향상하는 데 많은 도움이 됩니다. 다음 문장들을 눈으로 차근차근 읽은 뒤 손으로 꼼꼼하게 옮겨 써 봅시다.

> 오래전 누군가가 '살아지더라'고 말했을 때, 내게는 그 말이 '사라지더라'로 들렸다. 내 기억 속에서 그 사람이 한동안 실제로 사라져 있었기 때문에 그렇게 들렸을지 모른다. 고단한 삶이었지만 그래도 살게 되더라는 뜻이었을 것이다.
>
> – 안규철, 『사물의 뒷모습』(현대문학), 83쪽

> 아무 것에도 자신이 없었고 막막했고 완전히 고독했던 내가 겪은 뮌헨
> 의 첫가을이 그런데도 가끔 생각나고 그리운 것은 웬일일까? 뮌헨이 그
> 때의 나에게는 미지의 것으로 가득차 있었기 때문인지 또는 내가 뮌헨에
> 대해 신선한 호기심에 넘쳐 있었기 때문인지도 모른다.
>
> — 전혜린, 『그리고 아무 말도 하지 않았다』(민서출판사), 26쪽

1 SNS부터 자기소개서까지 글쓰기로 자신을 표현하는 시대입니다. 필수 생존 능력인 글쓰기에 관한 생각을 확장하여 다음의 질문에 답해 봅시다. 글쓰기를 직업으로 삼고 싶다면 구체적으로 어떤 일을 하고 싶은가요?

그 분야에서 현재 최고는 누구입니까? 그 사람이 어떻게 꿈을 이루게 되었는지 알아봅시다.

그 꿈을 위해 당장 실천할 수 있는 것들은 무엇인지 계획을 세워 봅시다.

그 분야와 관련된 책은 무엇이 있는지 알아보고 한 권을 정해서 좋았던 부분을
필사하거나 배울 점 세 가지를 메모해 봅시다.

2 앞에서 다양한 종류의 글쓰기를 이미 다뤘기 때문에 이번에는 특별히 라디오 방송 대본을 다뤄 볼게요. 현재 학교에서 방송반 활동을 하고 있거나 방송반 가입을 희망하는 학생이라면 더욱더 열심히 연습해 보길 바랍니다. 라디오 오프닝 멘트를 한 번씩 필사해 보고 본인만의 스토리를 녹여 낸 오프닝 멘트를 직접 써 봅시다.

예시 **프로그램 이름**
나의 Secret Playlist

콘셉트
K-POP 스타들이 자신의 비밀 플레이리스트를 소개하고 노래에 얽힌 사연을 들어 보며 이야기를 나누는 형식

DJ
더보이즈 주연

오프닝 멘트

• **첫인사**: 안녕하세요. 플레이리스트 청취자 여러분 저는 DJ 주연입니다.

• **특정 상황을 청취자에게 제시**: 여러분도 그럴 때가 있나요? 유난히 힘들고 지친 어떤 날, 축 처진 발걸음으로 길을 걷다가 카페에서 흘러나온 낯선 노래에 묘하게 위로받고 노래의 제목도 모르는 채로 그 멜로디를 종일 흥얼거려 본 적이요. 어쩌다가 그 노래의

---

154   오늘부터 나도 글잘러

제목을 운 좋게 알아내서 내 플레이리스트에 딱 담게 되는 순간이 안도감과 짜릿함. 음악을 좋아하는 사람들이라면 다들 그 느낌이 뭔지 알 거예요.

- **특정 상황에 의미를 부여**: 우연히 귀에 스친 멜로디가 어느새 내 플레이리스트 1번에 담겨 매일 아침 눈뜨면 제일 먼저 듣는 최애곡이 되어버린, 우연이 인연이 되는 순간들.

- **결론**: 플레이리스트도 여러분께 그런 존재라면 더할 나위 없이 행복할 것 같아요. 회색빛 차가운 시간의 모퉁이를 돌아 우연히 만난, 음악으로 이어진 파스텔 빛 따스한 인연.

- **오프닝 멘트와 관련된 곡 선정**: 오늘 첫 곡은 마마무 휘인의 〈파스텔〉입니다.

프로그램 이름

콘셉트

DJ

오프닝 멘트

오늘부터 나도 글짤러

글쓰기와 관련된 직업을 갖고 싶다면?

요즘 자신만의 책을 출판하는 것에 대한 관심이 부쩍 늘어나고 있어요. 과거에는 책을 일부 특정 작가들만 쓸 수 있는 것이라고 생각했는데 요즘은 일반인들도 재밌는 콘셉트로 책을 출판해서 베스트셀러 작가가 되는 사례들이 점점 많아지고 있는 추세예요. 그만큼 대중의 글쓰기와 글을 쓰는 직업에 대한 관심이 많아졌다고 볼 수 있죠. 그렇다면 단순 취미를 넘어서 글쓰기와 관련된 직업에는 무엇이 있고 이런 직업을 갖고 싶다면 어떤 노력을 하면 되는 걸까요?

글쓰기와 관련된 직업은 정말 종류가 다양합니다. 시, 소설 등의 문학 작가, 비문학 작가, 잡지나 신문 기자, 비평가, 방송 작가, 출판사 편집자, 논술 학원 선생님, 작사가, 광고 카피라이터, 파워 블로거 등 분야도 방대하고 하는 일도 천차만별이에요. 저도 예전엔 라디오 방송 작가였고 현재는 K-POP 작사도 하면서 작사 책을 출간하고 《독서평설》에서 연재 중이니, 이 중에서 작

사가와 비문학 작가, 방송 작가, 이렇게 세 종류의 글쓰기 직업
을 경험한 셈이네요.

그렇다면 글쓰기와 관련된 직업을 원한다면 어떤 방법으로
무슨 노력을 해야 할까요? 제 경우를 예로 설명해 보자면 고등
학교 때부터 방송 작가가 꿈이어서 이런저런 종류의 책도 많이
읽고 다양한 방송 대본을 구해서 읽었던 기억이 나요. 책을 많이
읽는 것은 어찌 보면 너무 뻔한 방법 같긴 하지만 훌륭한 요리사
가 되려면 훌륭한 요리들을 많이 먹어 보고 요리 연습을 해야 하
는 것처럼 좋은 글을 쓰려면 좋은 글을 많이 읽어 보고 많이 써
봐야겠지요. 뻔하지만 꼭 지켜야 할 가장 기본적인 규칙이자 방
법입니다.

글을 그저 쓰는 것에서 그치지 않고 필사 코너에서 다뤘던
것처럼 배우고 싶은 좋은 글들을 똑같이 따라 써 보고 비슷하게
흉내 낸 문장들을 따로 연습하곤 했어요. 학창 시절에 논술 대회
나 글짓기 대회에도 꾸준히 참가했고 좋은 가사를 노트에 적어
보기도 했고 팬픽 같은 것을 써서 반 친구들과 돌려 보기도 했어
요. 글쓰기라면 장르를 가리지 않고 우선 닥치는 대로 연습을 했
어요. 그리고 글쓰기를 직업으로 할 수 있는 방송 작가가 되려면
어떻게 해야 하는지 알아보기 시작했어요.

조사해 보니 방송 작가를 많이 배출하는 특정 학교와 학과가
있더라고요. 그곳을 목표로 입시를 준비했고 다행히 합격했어

요. 물론 전공이 글쓰기와 관련이 없더라도 글을 얼마든지 잘 쓸 수 있고 훌륭한 작가도 될 수 있지만, 관련 직업 쪽으로 좋은 커리어를 가지고 있는 선배들이 많은 대학을 선택하면 분명한 장점도 있어요. 우선 방송 작가라는 직업과 밀접하게 관련된 고급 정보들을 얻을 수 있는 기회가 많아지고 전공 과목 중에 방송 작가와 연관되는 것들이 있어서 적지 않은 도움을 받을 수 있거든요.

제가 졸업한 대학의 예술학부에서는 문예창작과뿐 아니라 다른 예술학과 수업을 부전공이나 복수 전공 형태로 들을 수 있었기 때문에 저는 영화과 복수 전공을 목표로 하고 문예창작과와 영화과 수업을 동시에 챙겨 들었어요. 방송 작가로서 알아 두면 좋은 영화 상식과 영화 시나리오 작법도 배울 수 있어서 방송 작가로 일할 때 큰 도움이 되었어요.

저는 대학에 다니다가 운 좋게 졸업 전에 방송 작가의 꿈을 이루게 되었는데, 전공 과목에서 배운 글쓰기 스킬을 활용할 기회가 꽤 많았어요. 문예창작과에 가면 강의를 통해 거의 모든 종류의 글쓰기 훈련이 이루어지기 때문에 어떤 글을 맡아도 최소한 겁을 먹진 않게 되더라고요.

방송 작가를 하면서 자연스럽게 여러 가수들과 일을 하게 되었는데, 이 과정에서 방송을 위한 작사를 조금씩 시작하게 되었어요. 방송 로고송 가사를 쓴다거나 청취자의 사연을 노래 가사로 재구성하는 등의 작업이었어요. 그때는 나중에 작사가가 되리라는 생각도 미처 못했지만 방송을 위해 주어진 작업들을 그날그날 성실히 해 나갔던 기억은 납니다.

그런 작고 사소한 노력들이 저를 지금의 작사가로 만들어 준 토대가 되었고, 작사가로 활발히 활동하게 되면서 출판사로부터 작사 이론 책에 대한 집필 의뢰를 받아 총 2권의 베스트셀러 작사 책을 출판하게 되었고, 그 경력을 바탕으로 《독서평설》에서 논술 코너도 2년 동안 연재하게 된 거예요. 또 그 연재를 바탕으로 이 책을 집필하게 된 거고요. 꼬리에 꼬리를 물어 처음 시작했던 일들이 또 다른 일을 하게 만들었고 그다음 일이 또 다른 단계로 넘어가게 만들어 준 다리 역할을 하면서 조금씩 글쓰기의 영역을 넓혀 가며 직업의 개수도 늘어나게 되었어요.

결론적으로 글쓰기 관련 직업을 갖고 싶다면 우선 구체적으로 어떤 직업을 원하는지 생각해 보고 목표를 정하는 것이 좋아요. 우선 글쓰기 직업 하나를 목표로 정해서 그것을 이루고 나면 다른 작업들도 자연스레 할 수 있는 기회가 생길 거예요. 물론 그 과정에서 다독과 다작은 기본 옵션이지요.

글쓰기의 장르는 완벽하게 분리되지 않고 서로 교집합으로 맞물려 있는 경우가 많기 때문에 저처럼 방송 작가로 시작했다 하더라도 후에 작사가도 될 수 있고 베스트셀러 작가도 될 수 있어요. 즉, 어떤 장르의 글쓰기 미션이 주어지더라도 훌륭하게 소화할 수 있어야 글쓰기를 직업으로 삼을 수 있어요. 다시 말해 꾸준하고 성실하게 다독과 다작을 하며 정확하게 원하는 직업이 무엇인지 생각해 보고, 해당 직업에 종사하는 사람들이 꿈을 이룬 방식에 대한 정보들을 취합해 그에 맞는 노력을 기울여야 합니다.

글쓰기를 직업으로 꿈꾸는 학생들이 있다면 우선 일기 혹은 인스타그램 피드 감성글이라도 꾸준히 적거나 작성해 보세요. 당장은 미약해 보이는 작은 노력들이 여러분을 글잘러로 성장시키는 데 따스한 햇볕과 거름이 되어 줄 거예요.

MBTI별 책 활용법과 공부법 TIP

사람마다 외모와 성격이 다 다르듯 적절한 학습법 또한 다를 수밖에 없습니다. 효율적인 학습을 위해 본인의 MBTI에 맞게 제시되어 있는 학습법을 참고해 보세요. 이 책을 어떻게 활용해야 하는지, 논술과 글쓰기는 어떤 방법으로 공부해 나가면 좋을지 힌트를 얻을 수 있을 거예요.

ISTJ

이 유형은 스트레스를 잘 견디는 대신 새로운 것에 적응하는 데에 시간이 조금 걸리는 편입니다. 그리고 혼자 있는 것을 선호합니다. 또한 계획과 목표가 확실한 것을 좋아하며 실용적인 것에 관심이 많은 스타일입니다.

· 공부법 TIP ·

1. 계획적인 것을 좋아하는 성향이 있으므로 하루에 한 장씩 처음부터 끝까지 차례대로 공부해 나갑니다.

2. 논술 스터디보다는 혼자서 미션을 수행하는 느낌으로 글을 일주일에 한두 개씩 계획해 써 나갑니다.

3. 실용적인 것들에 관심이 많기 때문에 실생활에 바로 활용 가능한 글쓰기를 해 봅시다. 예를 들어 단체 카톡방에 논리적으로 공지 사항 올리기, 카페에 정돈된 질문 포스팅 올리기 등의 연습을 통해 글쓰기 실력을 하나하나 늘려가 보는 것을 권합니다.

4. 스트레스에 강하기 때문에 자신의 학년 수준보다 조금 어려운 책을 골라, 모르는 단어를 사전에서 찾아 가며 읽어 보는 것을 추천합니다.

자신의 공부 계획을 올바른 문장으로 표현해 봅시다.

- 월 -
- 화 -
- 수 -
- 목 -
- 금 -

ISTP

이 유형은 호기심이 왕성하여 흥미에 쉽게 빠집니다. 하지만 싫증도 빨리 내는 터라 한 가지 공부를 오래하지 못합니다. 반면에 새로운 것에 도전하는 것을 두려워하지 않아 잘 모르는 분야의 공부도 선뜻 시작할 수 있습니다. 책상에 앉아서 공부하는 것보다 직접 몸으로 부딪쳐 지식을 습득하는 걸 선호합니다.

· 공부법 TIP ·

1. 한 가지에 오래 집중하는 스타일이 아니므로 처음부터 끝까지 차례대로 공부하기보다는 그날그날 더 끌리는 장을 골라서 공부하도록 합니다.
2. 책을 통해 지식을 습득하는 것보다 박물관이나 유적지를 찾아가 직접 눈으로 보고 경험한 후에 주제를 정해서 글로 정리해 보는 것이 효과적입니다.
3. 집중력을 높이기 위해 단순 필기보다는 좋아하는 색깔 펜으로 마인드맵을 그려 가며 공부하는 것을 권합니다.
4. 처음부터 어려운 글쓰기를 시작하기보다는 친구나 가족에게 보내는 편지나 쪽지 쓰기, 일기 쓰기 등 본인이 흥미를 느낄 수 있을 만한 장르의 글쓰기부터 차근차근 시작해 보도록 합시다.

자신의 공부 계획을 올바른 문장으로 표현해 봅시다.

- 월 -
- 화 -
- 수 -
- 목 -
- 금 -

ESTP

이 유형은 명석한 두뇌와 뛰어난 직관력을 가지고 있습니다. 에너지가 넘치고 다른 사람을 설득하는 능력도 탁월합니다. 사람들과 어울리는 것을 좋아하고 실생활에 유용한 지식이나 논리적 흐름이 명확한 것들을 추구합니다.

· 공부법 TIP ·

1. 처음부터 끝까지 계획을 세워 차례대로 공부해 나가되 관련된 서적 등 추가 자료들을 스스로 찾아 나가며 보충 공부도 같이 하길 권합니다.

2. 사람들과 어울리는 것을 좋아하고 설득력도 뛰어나기 때문에 논술이나 토론을 위한 스터디를 꾸려 보는 것도 좋습니다.

3. 논리적 흐름이 분명한 것들을 좋아하기 때문에 선호하는 신문의 사설을 찾아 하루에 하나씩 스크랩해 가며 서론, 본론, 결론의 내용들을 요약하고 분석하는 연습을 시작해 보길 권합니다.

4. 감성적인 것을 별로 선호하지 않는 타입이라 시, 소설 같은 문학작품에는 취약할 수 있습니다. 장르의 편식을 막기 위해서 본인이 좋아하는 비문학 책과 더불어 필수 문학작품이 수록된 책도 읽어 보면 도움이 될 겁니다.

자신의 공부 계획을 올바른 문장으로 표현해 봅시다.

- 월 -
- 화 -
- 수 -
- 목 -
- 금 -

ESTJ

이 유형은 어떤 문제든 정확하고 신속하게 처리하는 능력을 가지고 있습니다. 다양한 지식을 보유하여 판단이 빠르고 실행력 또한 좋아서 일 처리가 빠르지만 그 능력을 믿고 벼락치기하는 것이 습관화될 수 있습니다.

· 공부법 TIP ·

1. 벼락치기 예방을 위한 공부 계획을 꼼꼼히 세워서 실행해 나가도록 합니다.
2. 문제 해결을 정확하고 신속하게 하는 것을 선호하는 편이므로 제한 시간을 정해 두고 글쓰기 연습을 하면 동기부여에 도움이 됩니다. 예를 들면 30분 내로 논술 1,000자 쓰기 미션을 만들어 연습하도록 합니다.
3. 벼락치기에 강한 스타일이므로 혹여 계획대로 공부를 하지 못했더라도 밀렸던 논술 공부를 마음먹고 해치우고 다음 장으로 넘어가는 것도 괜찮습니다.
4. 본인이 이미 아는 것을 바탕으로 판단하고 행동하기 때문에 갑자기 어려운 글을 읽거나 쓰는 것은 오히려 역효과를 일으킬 수 있습니다. 평소 자신 있었던 분야의 글쓰기부터 차근차근 도전해 보세요.

자신의 공부 계획을 올바른 문장으로 표현해 봅시다.

• 월 –

• 화 –

• 수 –

• 목 –

• 금 –

ISFJ

책임감 강한 퍼펙트맨

이 유형은 인간관계에서 오는 스트레스에 취약하지만 공감 능력이 뛰어나고 감정이입을 쉽게 하는 편입니다. 신중하고 완벽주의를 추구하기 때문에 한번 시작한 일은 끝까지 해내는 스타일입니다.

· 공부법 TIP ·

1. 한번 시작한 일은 책임감을 가지고 끝까지 해내는 스타일이므로 일정한 분량을 정해서 충분히 자기주도학습을 할 수 있습니다.
2. 인간관계에서 스트레스를 많이 받는 편이므로 스터디 그룹을 짜서 공부하기보다는 혼자서 차분하게 공부하는 것이 좋습니다.
3. 공감 능력이 뛰어나고 감정이입을 쉽게 하는 편이라 문학작품을 즐겨 읽지만, 이론적인 면을 다루는 비문학에는 흥미가 없는 편입니다. 비문학 작품을 찾아서 읽어 보며 중요한 부분은 체크하고 필사해 보는 것을 권합니다.
4. 분석적인 글을 쓰는 것을 힘들어하기 때문에 논술 연습을 할 때 한꺼번에 1,000자 이상의 글을 쓰기보다는 하루에 100자씩 차츰 분량을 늘려 가며 훈련해 보기를 권합니다.

자신의 공부 계획을 올바른 문장으로 표현해 봅시다.

- 월 -
- 화 -
- 수 -
- 목 -
- 금 -

ISFP

이 유형은 좋아하는 과목만 열심히 하고 싫어하는 과목은 공부하기 싫어합니다. 하지만 새로운 분야에 도전하는 것에 흥미를 느끼며 시각적인 것에서 화려함을 추구합니다. 실천력은 부족하나 상상력이 뛰어나고 암기에 강합니다.

· 공부법 TIP ·

1. 상상과 도전을 좋아하는 스타일이므로 에세이나 작사같이 자신의 개성을 충분히 표현할 수 있는 글쓰기 장르부터 해 나가길 권합니다.
2. 사람들과 어울리는 것도 좋아하기 때문에 논술 스터디 그룹을 짜는 것도 좋지만 공부보다는 친목 도모의 비중이 더 많아질 수 있기에 주의해야 합니다.
3. 시각적인 화려함을 추구하기 때문에 논술 공부를 하기 전에 마음에 드는 포스트잇과 공책 등 필기도구를 미리 준비해 두면 흥미 유발과 집중력 향상에 좋습니다.
4. 암기 능력이 뛰어나기 때문에 어려운 단어나 사자성어를 하루에 다섯 개씩 꾸준히 암기해 나간다면 풍부한 표현의 글쓰기를 하는 데 도움이 될 겁니다.

자신의 공부 계획을 올바른 문장으로 표현해 봅시다.

- 월 -
- 화 -
- 수 -
- 목 -
- 금 -

ESFP

이 유형은 혼자 있는 것을 싫어하고 사람들과 어울리는 것을 좋아합니다. 공부도 책상에 앉아서 하는 것보다는 사람들과의 대화나 문답을 통해 하는 것을 선호합니다. 간단명료하게 내용을 정리하는 것을 좋아하고 추상적인 것보다 실질적인 것에 관심이 많습니다.

· 공부법 TIP ·

1. 이 책을 공부할 때 자신의 관심 분야인 SNS와 관련된 것을 제일 먼저 합니다. SNS 피드를 올리는 것으로 글쓰기 연습을 하면 효과적입니다.
2. 혼자 책상에 앉아 공부하기보다는 친구들과 함께 그룹을 짜서 논술 및 글쓰기 연습을 해 보길 권합니다.
3. 실질적이고 간단명료한 것들을 좋아하기 때문에 블로그에 영화 감상평이나 맛집에 대한 글을 쓰면서 자신이 직접 쓴 글로 실용적인 정보를 전달하는 기쁨을 맛보길 권합니다.
4. 관심받는 것을 좋아하는 스타성이 있는 유형이므로 본인이 공부한 것을 일기처럼 인스타그램에 포스팅해 보기를 권합니다.

자신의 공부 계획을 올바른 문장으로 표현해 봅시다.

- 월 -
- 화 -
- 수 -
- 목 -
- 금 -

ESFJ

이 유형은 다른 사람들과 한 가지 주제로 대화하고 소통하는 것을 좋아해서 토론에 강합니다. 칭찬을 통해 본인의 존재를 인정받기를 원하는 스타일입니다. 다른 사람을 돕는 것을 마다하지 않고 성격도 좋아서 친구 사이에서 중재자 역할을 도맡아 합니다.

· 공부법 TIP ·

1. 이 책을 공부할 때 한꺼번에 많은 양을 하지 말고 본인이 소화 가능한 만큼만 조금씩 시작해 분량을 늘려 가기를 권합니다.

2. 토론하는 것을 좋아하고 칭찬을 좋아하므로 마음이 잘 맞는 친구들과 논술 스터디 그룹을 짜서 토론 수업 위주로 공부해 보는 것도 좋습니다.

3. 이론 수업에는 흥미가 없지만 논술을 잘하기 위해서는 어느 정도의 배경 지식도 필요하기 때문에 무조건 책으로 지식을 습득하기보다 웹툰이나 동영상으로 이론을 공부할 수 있는 다양한 수단을 찾아 활용하면 효과적입니다.

4. 집중력이 강한 편이 아니기에 논술 공부 시간을 길게 잡기보다는 아침에 30분, 저녁에 30분, 이렇게 자투리 시간을 활용해서 하는 것을 추천합니다.

자신의 공부 계획을 올바른 문장으로 표현해 봅시다.

- 월 -
- 화 -
- 수 -
- 목 -
- 금 -

INFJ

이 유형은 조용한 곳에서 혼자 있는 것을 좋아하고 생각이 많고 스트레스에 약한 편입니다. 그러므로 타인에게 크게 관심이 없고 독립적인 활동을 좋아합니다. 단순 암기를 싫어하고 논리적으로 이해해 나가는 것을 좋아합니다.

· 공부법 TIP ·

1. 처음부터 차례대로 공부하기보다는 본인이 편안함을 느끼는 장부터 자유롭게 하기를 권합니다.
2. 혼자 있는 것을 좋아하고 스트레스에 취약하기 때문에 그룹을 짜서 하기보다는 혼자서 실현 가능한 계획을 차분히 세우는 것이 좋습니다.
3. 단순 암기에 약한 스타일이라 마인드맵이나 도표, 그래프를 그려 가며 익히거나 거울을 보며 자신에게 직접 강의를 하는 방식도 도움이 됩니다.
4. 생각이 많아 시작 자체가 지연될 수 있으니 일단 논술 공부를 시작하고 나서 자신에게 맞는 공부법을 차츰 개발해 나가는 것도 좋습니다.
5. 집중이 잘되는 자신만의 비밀 아지트를 만들어 주는 것도 좋습니다. 동네 카페 구석 자리, 도서관 창가 자리 등 자신만의 공부방을 만들기를 권합니다.

자신의 공부 계획을 올바른 문장으로 표현해 봅시다.

- 월 -
- 화 -
- 수 -
- 목 -
- 금 -

INFP

이 유형은 낭만적인 것을 추구하므로 끌리는 것에만 집중하기 쉽습니다. 기분이 쉽게 바뀌기 때문에 공부하는 습관에 있어서도 변덕을 부릴 수 있습니다. 하고 싶은 날은 왕창 몰아서 했다가 안 하고 싶은 날엔 아예 안 해 버리는 불규칙성을 보이기 쉽지만 성격이 긍정적이라 스트레스를 받지는 않습니다.

· 공부법 TIP ·

1. 가장 철저한 공부 계획표가 필요한 유형입니다. 분량을 조금씩 나눠 하루하루 꾸준하게 공부해 나가길 권합니다.
2. 낭만적인 것을 좋아해서 시나 감성 에세이는 즐겨 읽지만 그 외의 이론적인 서적들에는 흥미를 느끼지 못하는 스타일입니다. 이론을 재밌고 쉽게 풀어 정리한 책들을 잘 찾아서 공부하면 좋습니다.
3. 꾸준히 무언가를 하는 것에 취약하기 때문에 핸드폰으로 알람 설정을 해 놓고 매일 시간에 맞춰 공부하면 도움이 됩니다.
4. 스트레스를 잘 받지 않는 스타일이므로 계획이 어그러지거나 실패해도 바로 다시 시작할 수 있는 긍정적인 멘탈을 가지고 있습니다.

자신의 공부 계획을 올바른 문장으로 표현해 봅시다.

- 월 -
- 화 -
- 수 -
- 목 -
- 금 -

ENFP

이 유형은 새로운 것을 찾아내는 것에 관심이 많고 열정적이며 상상력이 풍부합니다. 승부욕이 강해서 게임이나 내기 같은 것에 집착하는 편이고 본인이 좋아하는 일은 훌륭하게 해내지만 흥미가 없는 일은 필요할지라도 노력하고 싶어 하지 않는 성향이 있습니다.

· 공부법 TIP ·

1. 이 유형은 끈기가 조금 부족한 편이라 친구랑 함께 계획표를 짜고 둘 중 한 사람이 계획을 어겼을 시 햄버거를 사 주거나 심부름을 해 주는 간단한 내기를 하도록 합니다.
2. 새로운 것들을 좋아하기 때문에 반짝이는 아이디어로 논술 공부를 재미있게 할 수 있는 본인만의 방식을 발견해 보길 권합니다.
3. 승부욕이 강한 스타일이므로 혼자 글쓰기를 하는 것에서 그치지 말고 논술 대회 같은 것을 적극적으로 찾아 참가해 보는 것이 좋습니다.
4. 본인이 좋아하는 일에는 몰두하지만 싫어하는 일은 아예 하기 싫어하므로 스터디 그룹을 짜서 분야를 나눠 친구들과 함께 공부해 보면 도움이 됩니다.

자신의 공부 계획을 올바른 문장으로 표현해 봅시다.

- 월 –
- 화 –
- 수 –
- 목 –
- 금 –

ENFJ

이 유형은 어떤 집단에서나 리더를 하는 사람들입니다. 회장을 도맡아 하는 학생들이 이 유형일 가능성이 높습니다. 학습 의욕도 강해서 본인의 수준보다 높은 난도로 공부할 때 자부심과 희열을 느끼는 스타일입니다.

· 공부법 TIP ·

1. 하루에 한 장씩 나가는 것을 기본으로 하되 내키는 날에는 두세 개씩 도전해 봐도 좋습니다.
2. 혼자서도 공부를 잘하지만 팀을 이끌어 나가는 과정에서 의욕이 더 강해지는 타입이라 본인과 수준이 비슷한 친구들과 스터디 그룹을 꾸려 리더 역할을 하며 꾸준한 논술 글쓰기를 연습해 봐도 좋습니다.
3. 소통을 좋아하고 학습 의욕도 강하므로 대입 논술 주제로 나왔던 이슈들을 한 달에 한 개 정도 선정해 친구들과 토론 형식의 공부를 해 보기를 권합니다.
4. 높은 난도의 공부를 스스로 즐기는 스타일이므로 매년 서울대에서 지정하는 권장 도서 목록 중 본인에게 알맞은 책을 선택해 읽어 보며 어려운 단어나 문장을 미리 공부해 두는 것이 좋습니다.

자신의 공부 계획을 올바른 문장으로 표현해 봅시다.

- 월 -
- 화 -
- 수 -
- 목 -
- 금 -

INTJ

이 유형은 철두철미하게 계획을 세우고 그것을 지켜 나가는 것만으로도 보람을 느낍니다. 공부에 가장 적합한 스타일이라고 볼 수 있어요. 또한 시간 낭비하는 것을 누구보다 싫어하고 전략적·체계적으로 움직이는 것을 선호합니다.

· 공부법 TIP ·

1. 이 유형은 자기주도학습이 무리 없이 이루어지는 스타일이라 본인이 지금까지 해 왔던 공부 방식에 맞게 활용해 나가도 좋습니다.

2. 시간 낭비를 싫어해서 무리를 할 수 있으므로 공부하는 시간과 휴식 시간을 잘 구분해서 스스로를 혹사시키지 않도록 주의합니다.

3. 자신이 공부한 것을 다른 사람들과 나누며 보람을 느끼는 스타일이기 때문에 그날그날 공부한 것을 꾸준히 SNS에 올려 봅니다.

4. 분명한 목적의식으로 이루고자 하는 것은 어떻게든 해내는 스타일이므로 자신에게 맞는 미션을 스스로 주는 것도 좋습니다. 논술 대회, 작사 공모전, 광고 카피 만들기 등 스펙에도 도움이 되고 자아실현도 충분히 가능한 대회들을 적극적으로 찾아 참여해 보면 공부의 성과를 맛볼 수 있을 겁니다.

자신의 공부 계획을 올바른 문장으로 표현해 봅시다.

- 월 -
- 화 -
- 수 -
- 목 -
- 금 -

INTP

개인적으로 가장 부럽고 가장 이해가 안 되는 유형입니다. 어려운 수학 문제를 푸는 것이 취미라는 둥, 수학 문제를 풀 때 스트레스가 풀린다는 둥 이상한 소리를 하는 애들이 있죠. 바로 이 타입이에요. 공부가 취미이자 특기이고 어려운 문제를 풀수록 희열을 느끼는 괴상한 스타일이지만 부러운 친구들입니다.

· 공부법 TIP ·

1. 이 유형의 학생은 이 책을 하루 이틀 만에 다 마스터할 수도 있을 겁니다. 원한다면 그렇게 해도 좋습니다.

2. 이런 학생들에게 수준을 맞출 수 있는 친구들은 많지 않으므로 여럿이 스터디 그룹을 짜는 것보다 혼자서 조용히 양껏 공부하기를 권합니다.

3. 다만 너무 난해하고 특이한 것들에만 관심이 치중될 수 있기 때문에 균형을 잡으며 골고루 공부해 나가면 좋습니다.

4. 같은 과목, 같은 주제를 공부해도 더 깊이 있게 하는 것을 좋아하므로 어떤 주제에 대한 논설문을 쓸 때 그 주제를 다룬 다양한 언론사의 신문 사설을 찾아가며 공부한다면 지적 욕구를 해소하는 데 도움이 될 겁니다.

자신의 공부 계획을 올바른 문장으로 표현해 봅시다.

- 월 -
- 화 -
- 수 -
- 목 -
- 금 -

ENTP

이 유형은 대회에만 나가면 1등을 휩쓸고 다니는 스타일입니다. 친구들 중에서 내기를 하거나 무슨 대회만 나가면 성적과 상관없이 꼭 다 이겨 버리는 애들이 있죠? 바로 이 유형일 가능성이 높습니다.

· 공부법 TIP ·

1. 논술이나 토론 파트를 공부하고 바로 대회를 나가 본다거나 SNS에 좋은 정보가 될 만한 글을 올리고 누가 '좋아요'를 더 받는지, 누구의 팔로워가 더 빨리 느는지 친구와 내기를 해 본다면 책의 활용도가 쑥쑥 올라갈 겁니다.
2. 좋아하는 것에는 적극적이지만 싫어하는 일은 아예 하고 싶지 않아서 글쓰기의 장르에 따라 실력의 편차가 심할 수 있습니다. 본인이 즐겨 하지 않는 분야도 꾸준히 공부하는 습관을 들이도록 노력해 봅시다.
3. 공부한 것을 스스로 브리핑해 유튜브에 짧은 동영상 강의처럼 올리는 등 본인만의 새로운 방법을 찾아 나간다면 흥미 유발에 도움이 될 겁니다.
4. 지적인 자극을 주고받는 것을 좋아하므로 주제를 정해 친구들과 의견을 주고받는 것도 효과적입니다.

자신의 공부 계획을 올바른 문장으로 표현해 봅시다.

- 월 –
- 화 –
- 수 –
- 목 –
- 금 –

ENTJ

칭찬은 고래도 춤추게 한다는 말이 있죠? 이 유형이 딱 그렇습니다. 칭찬에 약한 스타일입니다. 그만큼 칭찬이 큰 동기부여가 되어 주는 중요한 역할을 할 수 있습니다.

· 공부법 TIP ·

1. 어떤 글을 썼을 때 사람들의 반응이 제일 좋았는지, 칭찬을 가장 많이 받았는지 떠올려 보고 자신 있는 글을 다룬 장부터 공부하도록 합니다.

2. 꼭 스터디 그룹을 짜서 공부하기를 권합니다. 스터디 그룹에 가장 적합한 스타일입니다. 협업을 통해 무언가를 이루어 냈을 때 보람을 느끼는 특징을 가지고 있어서 시너지 효과를 기대해 볼 수 있습니다.

3. 질문을 통해 이해하는 것을 좋아하므로 논술 쓰기 전에 필요한 이론적 배경지식을 친구들과 서로 질문을 주고받는 형식으로 공부해 두면 좋습니다.

4. 남들보다 앞서가고 어려운 것을 공부하고 있을 때 자부심을 느끼는 스타일이므로 본인의 학년 수준보다 조금 어려워 보이는 책을 골라 정복하듯이 읽어 보는 것도 나쁘지 않습니다.

자신의 공부 계획을 올바른 문장으로 표현해 봅시다.

- 월 -
- 화 -
- 수 -
- 목 -
- 금 -

북트리거 일반 도서

북트리거 청소년 도서

오늘부터 나도 글잘러

아이돌 작사가의 요즘것들 글쓰기 레시피

1판 1쇄 발행일 2022년 6월 30일

지은이 안영주
펴낸이 권준구 | **펴낸곳** (주)지학사
본부장 황홍규 | **편집장** 윤소현 | **팀장** 김지영 | **편집** 양선화 박보영 김승주 | **기획·책임편집** 김승주
일러스트 마현주 | **표지 디자인** 정은경디자인 | **본문 디자인** 이혜리
마케팅 송성만 손정빈 윤술옥 이혜인 | **제작** 김현정 이진형 강석준
등록 2017년 2월 9일(제2017-000034호) | **주소** 서울시 마포구 신촌로6길 5
전화 02.330.5265 | **팩스** 02.3141.4488 | **이메일** booktrigger@jihak.com
홈페이지 www.jihak.co.kr | **포스트** http://post.naver.com/booktrigger
페이스북 www.facebook.com/booktrigger | **인스타그램** @booktrigger

ISBN 979-11-89799-73-1 43800

북트리거

트리거(trigger)는 '방아쇠, 계기, 유인, 자극'을 뜻합니다.
북트리거는 나와 사물, 이웃과 세상을 바라보는 시선에 신선한 자극을 주는 책을 펴냅니다.